I0626498

PROIE

Katy Mann
Traduit de l'américain par Pascale P.
Lépine

Blue Iris Books

PASADENA, CALIFORNIA

Remerciement

Aux nombreuses personnes qui m'ont aidée et encouragée.

Je remercie tout particulièrement ma bêta-lectrice, Jessica McKenna, mon éditrice, Jennifer Silva Redmond, et ma mère, Jeanette Mann, sans qui ce livre n'aurait pas été achevé.

Et mes remerciements particuliers à Rickie Bansbach, Geezer Wench, Charletha Tatum, Sharon Laubach, et à mes amis qui n'arrêtaient pas de me demander si le livre était enfin sur Amazon.

Table des matières

Chapitre 1: Voir

L'inconnu était appuyé nonchalamment contre le devant de l'édifice. Je faillis ne pas le voir comme j'étais en retard au travail. Quand je l'aperçus, je fis une pause, attirée par sa longue silhouette maigre. Il portait un pardessus beige et un feutre descendant très bas, de sorte que je ne pouvais pas voir son visage. Je haletai en frémissant alors qu'une peur intense me submergeait.

Il tourna vivement la tête dans ma direction, et un sourire joua sur son visage comme s'il m'avait entendue depuis l'autre côté de la rue. Il portait des lunettes de soleil, si bien que je ne pouvais pas voir ses yeux. Ce que je pouvais voir, cependant, était une forte mâchoire et un visage à la beauté classique, encadré de cheveux bruns qui lui arrivaient aux épaules.

Le bruit d'un moteur diesel attira mon attention. Je me retournai et je vis un autobus s'éloigner, et quand je reportai mon regard vers l'homme, il n'était plus là.

Cela m'effraya plus que toute autre chose. Il s'était tenu près du Monadnock Building, un édifice historique qui occupait un pâté de maisons entier. Selon toute vraisemblance, il ne pouvait pas être allé à l'intérieur ou l'avoir contourné durant le bref instant où j'avais été distraite, pourtant il avait complètement disparu.

C'était le centre-ville de Chicago, à 8h, un matin de juin. Les gens grouillaient autour de moi, en chemin pour aller travailler. Je restai figée, les sentant me dépasser pendant que j'essayais de rationaliser ma peur. Au lieu de me rendre à mon bureau, je marchai dans la direction opposée. J'appelai ma patronne, Millicent, d'un café situé deux pâtés de maisons plus loin, et je lui dis que je n'allais pas rentrer au boulot. J'oubliai de dire que j'étais malade – en fait, je ne lui donnai aucune raison.

Il y eut un silence de quelques secondes au bout du fil, puis elle demanda :

- Christa, que s'est-il passé ?

Qu'étais-je censée lui dire ? Qu'un homme appuyé contre un mur m'avait fait trop peur pour que je me présente au travail ? Alors que je réfléchissais, cherchant les mots pour justifier mon comportement, elle rompit le silence en disant :

- J'entends des gens parler autour de toi. Où es-tu ? Je vais venir te rejoindre.

- Chez Rosie's Treat. Je suis désolée.

- Ne le sois pas, dit-elle fermement. Il est important de faire confiance à son instinct.

Chapitre 2: Trouver refuge

Le petit café débordait d'activité avec tous les journaliers qui s'y arrêtaient le matin, ce qui était rassurant. Notre cabinet d'avocats commandait du café et des rafraîchissements de ce commerce pour les réunions avec les clients. J'y étais venue plusieurs fois pour prendre les commandes, et j'aimais son décor chaleureux. Il y avait une grande peinture murale représentant un jardin de roses, et la propriétaire m'avait dit que celle-ci avait été réalisée à partir de photos de la maison de sa famille dans l'Indiana. Cela me rappelait les roses devant la maison de mes grands-parents dans le Michigan. Je commandai un thé chaud à la sympathique propriétaire et trouvai un siège sur une banquette d'angle, où je m'assis pour attendre Millicent.

Peu de temps après, sa silhouette familière apparut à la porte. Grande et élégamment vêtue d'un tailleur, ses cheveux grisonnant tirés en arrière dans une petite queue de cheval, elle était très jolie. Elle ne s'attarda qu'une seconde à l'entrée du café avant de m'apercevoir. Une exquise boucle d'oreille en or capta la lumière alors qu'elle tournait la tête. S'avançant jusqu'à ma table à travers la pièce bondée, elle s'assit en face de moi.

Maintenant qu'elle était là, me regardant avec ses yeux perçants, j'avais l'impression d'être une idiote d'avoir réagi comme je l'avais fait quelques minutes plus tôt. Je commençai à lui présenter des excuses, mais elle les balaya du revers de la main.

- Raconte-moi ce qui s'est passé.

- Je me sens juste stupide, répondis-je, baissant la tête en signe d'embarras.

- Non, dit-elle. Suis ton instinct. Le cabinet gère souvent des cas de poursuite en justice de clients qui ont mauvaise réputation.

- J'ai vu un homme, dis-je. Une minute il était là, et la suivante il n'y était plus.

L'épisode n'avait toujours pas de sens à mes yeux. Je n'étais pas une personne nerveuse et inquiète de nature.

Elle se pencha sur la table et tapota ma main pour me rassurer.

- De quoi avait-il l'air ?

- Grand. Des cheveux bruns. Il portait un chapeau et des lunettes de soleil, mais il avait une forte mâchoire et un visage séduisant. Ses cheveux tombaient jusqu'à ses épaules. Et il portait un long manteau beige. C'est tout ce dont je me souviens. Sauf que j'étais submergée par la peur. Il semblait le percevoir même si j'étais de l'autre côté de la rue.

Je fixai mes genoux quand j'eus terminé, détestant paraître si faible. Je voulais projeter une image de professionnalisme et d'efficacité. Je relevai la tête et rencontrai les yeux de Millicent.

Elle s'appuya sur le dossier de la banquette, les mains jointes sur la table. Je crus voir la peur traverser son visage, mais elle s'empressa de lisser celui-ci pour qu'il retrouve son expression habituelle de sérénité. Elle attendit une minute comme elle le faisait souvent quand elle rassemblait ses pensées, puis elle sortit son téléphone et envoya un texto. Après avoir attendu la réponse pendant un moment, elle remit son téléphone dans la poche de son blazer.

- J'ai envoyé un message à l'un de nos enquêteurs, me dit-elle, et je lui ai fourni la description que tu viens de me donner. Une fois à l'extérieur, il va m'envoyer un message et nous suivre jusqu'au bureau. C'est un professionnel, alors nous ne le verrons pas, mais si quelqu'un est à l'extérieur, je suis sûre que Mike le verra. Surtout s'il porte un chapeau et des lunettes de soleil à cette heure matinale.

Elle sourit et dévia vers notre sujet préféré, Paris.

Elle me raconta son séjour en France cinq ans plus tôt. Nous discutions habituellement de mon rêve d'aller à Paris, et rarement de ses propres voyages. C'était agréable de l'écouter, bien que j'aie remarqué qu'elle m'observait attentivement.

Lorsqu'elle reçut un texto, nous reprîmes le chemin du Monadnock Building. Dans le hall d'entrée, nous passâmes devant les vieux ascenseurs et grimpâmes les deux volées d'escalier en marbre jusqu'au troisième étage, où se trouvait le cabinet d'avocats Gupta, Berrywhite et Snow. J'adorais cet immeuble. Il avait renforcé ma détermination à obtenir le poste quand j'étais venue pour l'entrevue. D'autres se plaignaient des ascenseurs archaïques et des longs corridors qui réverbéraient le moindre bruit, mais c'étaient justement ces choses que j'aimais. Je m'arrêtais dans les couloirs, fermais les yeux, et j'imaginais les gens qui avaient été ici au cours des décennies avant ma naissance, en train d'errer dans les corridors – inclinant leurs chapeaux les uns vers les autres, travaillant sur les projets et les contrats qui avaient façonné le présent. Le passé était un refuge pour moi, sûr et sans danger.

Gupta, Berrywhite et Snow était un petit cabinet d'avocats. Le grand comptoir de la réception dominait le vestibule, et les bureaux des partenaires étaient situés derrière celui-ci. À sa gauche se trouvaient les salles de conférence, et à sa droite il y avait la bibliothèque de droit de l'entreprise.

Nous nous rendîmes dans le bureau de Millicent et je m'assis dans l'un des fauteuils en cuir pendant qu'elle rappelait un client. Je regardai les murs familiers autour de moi, m'attardant plus longtemps sur les photographies encadrées. Mes yeux se posèrent sur une photo en noir et blanc d'un grand édifice élégant de style Rococo sur le bord d'un canal. De son écriture manuscrite raffinée, Millicent avait identifié la photo comme étant 'Le Palais des Doges' dans le coin inférieur droit du cadre. Plusieurs gondoles et bateaux à moteur modernes se trouvaient devant le bâtiment. Je notai que leur taille réduite aidait à déterminer l'échelle du palais.

Les yeux perçants de Millicent m'observèrent pendant qu'elle griffonnait des notes au sujet de l'appel et les enregistrait sur son ordinateur.

- C'est le Palais des Doges à Venise, dit-elle quand elle eut fini de taper. J'ai séjourné à Venise pendant quelques semaines entre l'université et l'école de droit. J'ai pris ce cliché de bonne heure un matin, à bord d'un des bateaux-taxis. C'est très beau, mais durant la Renaissance, c'était le lieu de procès nocturnes et d'exécutions sommaires. Je garde cette photo devant moi pour me rappeler la façon dont la beauté d'une structure qui est censée représenter la justice peut cacher la terreur de sa politique interne. J'ai toujours senti que c'était ma vocation de représenter ceux qui ne sont pas en mesure, pour une quelconque raison, de naviguer à travers le système judiciaire.

Je me perdis momentanément dans mes pensées, imaginant le monde obscur que le palais Vénitien représentait. J'aimais créer des scènes dans ma tête à partir des vieilles photos, imaginant ces autres vies et ces autres époques.

Je fus tirée de ma rêverie lorsque Millicent déclara d'un ton formel :

- Pendant le reste de la semaine, j'ai besoin que tu fasses des recherches à la bibliothèque de droit près du campus Evanston de l'université Northwestern, sur la rive nord. C'est un établissement privé fermé au public, mais je vais prendre les dispositions pour que tu y aies accès. Appelle-moi chaque matin pour que je te donne une tâche quand tu arriveras là-bas. Peux-tu finir ton travail sur l'affaire Converse aujourd'hui ?

Je lui répondis par l'affirmative. Elle acquiesça, et tandis qu'elle prenait son téléphone, je quittai son bureau et me rendis à mon poste de travail. Ce fut la fin de l'épisode de vive émotion que l'inconnu avait provoqué, et je fus soulagée de me mettre au travail.

Je passai le reste de la journée à faire mon boulot habituel d'assistante juridique pour Millicent, incluant le remplissage de formulaires et la rédaction de documents. La paperasse routinière était plaisante. Organiser le présent et créer le planning pour le futur, garder celui-ci facile à gérer, c'était ce que je faisais. Cela permettait de garder à distance l'austérité de l'espace vide et impénétrable de l'avenir. Je pris mon déjeuner avec l'une des autres légistes du cabinet, Georgina, et elle me raconta ses frasques de la veille dans une boîte de nuit. À la fin de la journée de travail, ma terreur matinale semblait n'avoir été rien de plus qu'un moment singulier.

À l'extérieur dans la rue, la peur revint. J'avais l'impression que quelqu'un juste hors de ma vue me suivait. Une fois dans l'autobus, je sondai le trottoir. Bien que je n'aie vu personne, je ne pus me débarrasser du sentiment d'être observée.

En descendant à mon arrêt dans le quartier de Near North Side, je ne me rendis pas directement à mon appartement. Je marchai dans les rues bordées d'arbres et passai devant plusieurs magasins situés à proximité, y compris mon épicerie de quartier et le pressing, me faufilant à l'intérieur de chacun de ces commerces pendant quelques minutes. Je regardais par les portes avant de partir, mais je ne vis personne attardé dehors pour m'attendre. Chicago est une ville où tout le monde marche, et les trottoirs étaient bondés de piétons. Finalement, je sentis que les lieux étaient suffisamment sûrs pour rentrer chez moi.

Chapitre 3: Le travail

Mon chat Boo m'attendait lorsque j'ouvris la porte de mon appartement, se frottant contre ma jambe. Je le pris, enfouissant mon visage dans son pelage, laissant son ronronnement me détendre. J'avais ramassé le courrier en montant, et je triai mes quelques lettres du courrier indésirable que mon amie avait reçu. Aujourd'hui j'avais une carte postale d'elle, de la Finlande. Je soupirai. Certaines personnes avaient de l'argent plein les poches. Elles pouvaient voyager partout où elles le désiraient pendant que le reste d'entre nous se considérait chanceux de pouvoir sous-louer leur appartement vide.

La lumière de la boîte vocale sur le téléphone clignotait ; je déposai Boo et appuyai sur le bouton. Je suis vieux jeu et je préfère utiliser un téléphone fixe à la maison. Je garde mon portable uniquement pour les situations d'urgence et je l'éteins quand je suis au travail ou en classe. Biffez ce que je viens de dire. Je le garde éteint la plupart du temps. Le premier message était de ma mère. *Chérie, nous avons été invitées par les Dover à sortir sur le Lac Michigan avec eux durant le week-end du 4 juillet*, débuta-t-elle. *Ça fait longtemps que nous ne les avons pas vus. Devrais-je leur dire que nous viendrons toutes les deux ?*

Je ne pus m'empêcher de sourire. Janice Dover avait un fils de mon âge prénommé Trevor. Très beau garçon et beaucoup trop bien pour moi, quoique ni ma mère ni la sienne ne semblât en être consciente. Je pense qu'elles nous voyaient déjà mariés ensemble quand nous avions trois ans. Par sens du devoir, Trevor m'avait accompagnée à diverses réceptions politiques auxquelles ma mère nous avait conviés au fil des années. Il était superbe dans un smoking et, contrairement à moi, il était très doué pour échanger des propos légers et badins lors de cocktails ou de soirées mondaines. Il savait également comment manœuvrer un voilier. La perspective de passer un week-end à faire de la voile en sa compagnie me semblait très plaisante.

Je rappelai ma mère, et quand je fus transférée vers sa boîte vocale, je laissai un message. *C'est encore à toi de me rappeler. Bien sûr que je veux aller faire une randonnée en voilier pendant le week-end du 4 juillet. On se voit jeudi.*

Le message suivant, de Millicent, m'alarma. *Je voulais juste m'assurer que tu t'étais rendue chez toi sans incident. Appelle-moi si tu vois quelqu'un de suspect dans ton voisinage ou n'importe où ailleurs. Je peux m'arranger pour que Mike te conduise à Evanston demain matin si tu veux.*

Après avoir écouté le message deux fois, je le supprimai. J'avais de la chance d'avoir quelqu'un qui prenait mes craintes au sérieux.

Je me fis une tasse de thé et m'affalai sur l'une des chaises à ma table de salle à manger. Boo sauta sur mes genoux, et je le caressai distraitement.

Le boulot que j'avais au cabinet d'avocats était un stage d'été. C'était la conseillère d'orientation de mon université qui m'avait envoyée passer l'entrevue, m'informant que ce genre de stage était considéré comme le poste idéal pour les futurs étudiants en droit. Je devais m'habiller convenablement, avait-elle souligné, et avoir l'air certaine de vouloir être une avocate quand on me poserait des questions.

Elle avait regardé mes mocassins débraillés avec insistance, et je les avais ramenés sous ma chaise.

Je l'avais remerciée, j'avais pris les papiers à remplir, et j'étais retournée à la bibliothèque. En plus d'étudier pour les examens finaux, j'avais aussi fait quelques recherches sur le cabinet d'avocats en question. Fondé il y avait seulement quelques années, il n'avait jamais été impliqué dans des affaires célèbres, mais il y avait des articles de journaux à son sujet. Des cas où ils avaient obtenu gain de cause, des cas où ils avaient perdu. Pas de clients qui faisaient des vagues – les avocats de ce cabinet défendaient des individus contre des entreprises et des institutions publiques telles que les hôpitaux.

Le jour de l'entrevue, j'avais ciré ma seule paire d'escarpins, ouvert un nouvel emballage de bas de nylon, et mis ma jupe de laine noire jumelée avec un pull blanc. J'avais remonté mes cheveux en un chignon et pris l'autobus pour me rendre à l'adresse au centre-ville de Chicago, au Monadnock Building. Redressant les épaules, j'étais entrée et j'avais déclaré à la réceptionniste que j'étais là pour rencontrer l'un des partenaires.

Pendant l'entrevue, j'avais commis la sottise de dire la vérité à celle qui me posait des questions, Millicent Berrywhite. Que mon sujet principal était l'histoire et que je ne savais pas si je voulais devenir avocate, mais que je voulais faire de la recherche et que je pensais que ce stage m'aiderait à développer mes compétences.

À ma grande surprise, elle m'avait quand même embauchée.

Nous avions un peu discuté à propos de son cabinet et de ses clients. C'était une nouvelle entreprise, fondée par Millicent et quelques-uns de ses amis de l'école de droit. Après l'obtention de leur diplôme, ils avaient mis leur argent en commun et ouvert leur propre cabinet d'avocats, avec pour mission de représenter les 'petites gens' qui autrement ne seraient peut-être pas en mesure de payer pour obtenir justice.

Elle avait admis que cela signifiait qu'occasionnellement le cabinet devait se battre contre des plaideurs louches – elle avait même été confrontée à la Mafia à quelques reprises. Elle ne pouvait pas me donner de détails, mais pour une jeune fille timide de la banlieue, ça semblait excitant.

Même si ma mère était une représentante locale de la conseillère municipale de la 28ème circonscription, je n'avais pas eu beaucoup d'expérience avec le milieu du crime. Nous avions déménagé à Chicago après la mort de mon père quand j'avais dix ans. Avant ça nous avions vécu à Oak Park, à proximité du petit cabinet d'architectes de mon père. L'entreprise, spécialisée dans la reconstruction historique, avait fermé quand il était mort, et ma mère avait déménagé en ville pour être plus près de ses parents.

Au fil des semaines, Millicent était devenue plus familière avec moi, et parfois nous prenions notre déjeuner ensemble. Au cours d'une de ces occasions, je lui avais fait part de mon rêve d'aller à Paris après avoir obtenu mon diplôme.

Elle avait souri et m'avait dit que tout était possible. Pourquoi n'irais-je pas ? était son attitude. Elle m'avait encouragée à planifier ce voyage et à étudier la ville et son histoire. Elle m'avait dit que je ne devrais pas m'attendre à ce que les gens soient terriblement différents là-bas de ce qu'ils étaient ici, et que l'expérience lui avait montré que la bonté n'était pas universelle.

Aujourd'hui j'étais sans doute tombée sur l'un de ces clients 'louches,' et je pouvais seulement espérer que je ne courais aucun réel danger.

Chapitre 4: Absente

Mon nouveau lieu de recherche était une vieille bibliothèque poussiéreuse près du campus Evanston de l'université Northwestern. L'autobus s'arrêta à proximité du campus, et comme j'étais arrivée tôt, j'allai me promener dans le square pour avoir une vue sur le lac Michigan. Je passai quelques minutes au bord du lac, à sentir la brise fraîche sur mon visage, écouter le bruit de l'eau et regarder les oiseaux tournoyer au-dessus de ma tête. Le spectacle que m'offrait cet endroit était l'une des raisons pour lesquelles j'avais voulu avoir mon propre appartement. J'aimais pouvoir marcher jusqu'au lac Michigan à n'importe quel moment pour voir comment il changeait au gré des saisons. Le lac n'était jamais silencieux. Même en ce moment, seule sur les rochers, le bruit des vagues qui venaient se briser en contrebas et la présence permanente des mouettes dans le ciel me sortaient de ma propre vie. Les rochers, les vagues et les mouettes seraient toujours là, peu importe qui venait les contempler.

Lorsque l'heure fixée arriva, je me dirigeai vers un bâtiment anodin en briques grises. Une fois que j'eus dûment signé mon nom à l'entrée, un homme qui aurait pu être choisi pour le rôle du Gardien de la crypte me montra l'immense salle de lecture. Visiblement, ma présence était une nouveauté dans cet espace normalement silencieux. Il grimpa aux échelles et me ramena les livres et les périodiques que j'avais demandés, rôdant dans les parages pendant que je lisais. Je savais qu'il restait là pour m'aider, mais il me flanquait la trouille.

Je ne pouvais chasser la sensation qu'il y avait quelqu'un d'autre dans la bibliothèque avec nous. Quelqu'un que je ne pouvais pas voir, juste de l'autre côté des rayons. Mon assistant/Gardien de la crypte ne sembla jamais rien remarquer, mais j'entendais des bruissements et des petits sons qui cessaient dès que je levais les yeux.

Je peinai à travers le matériel, prenant des notes sur mon ordinateur portable, installée à l'une des longues tables en bois parsemées de lampes de banquier dans la pièce silencieuse. Je voulais finir aussi vite que possible et retourner au centre-ville, où je n'aurais pas à supporter des craquements sinistres pendant que je travaillais.

À la fin de l'après-midi, je téléphonai à Millicent pour lui faire part de mes résultats, j'envoyai mes notes de recherche par e-mail, et j'obtins mon affectation suivante. À la fin de la seconde journée, je me mis à espérer qu'elle me dise de revenir à son bureau. Mais elle ne le fit pas. Avec chacun de mes rapports, j'ouvrais une nouvelle piste d'enquête, si bien qu'elle désirait que j'approfondisse mes recherches dans les ouvrages de référence que j'avais repérés.

C'était ce que j'étais censée faire, non ? Me rappelant que ce travail contribuait à améliorer mes compétences en recherche, ce qui pourrait conduire Millicent à me donner de meilleures références, je gardai mon rythme et demandai au Gardien de la crypte qu'il m'apporte plus de publications.

Chaque soir je prenais l'autobus pour rentrer à la maison, je vérifiais mon courrier et je nourrissais Boo. Le chat était mon seul fidèle compagnon. Mes quelques amis étaient pour la plupart rentrés chez eux pour l'été. Nous restions en contact par l'intermédiaire de Facebook et des e-mails, mais Boo était celui qui était là pour moi quand j'avais besoin de parler. Ma seule amie proche, Stacey, était une fille que j'avais connue à l'école secondaire. Comme je n'habitais pas dans les dortoirs, ça avait été plus difficile de me faire des amis à l'université. Être en mesure de sous-louer l'appartement avait été un énorme pas pour moi, car cela signifiait non seulement quitter le domicile familial, mais aussi vivre seule.

J'avais trouvé Boo quand il était chaton, caché derrière une benne à ordures à côté d'un supermarché. Maman voulait l'emmener dans un refuge, mais j'avais persuadé mon père de me laisser le garder. Mon père ne pouvait jamais me dire non.

Autrefois j'étais une fille extravertie et pleine d'assurance. J'étais l'aînée, la première à essayer quelque chose de nouveau. Cela avait changé le jour où mon père avait eu sa crise cardiaque. Nous roulions vers Chicago, juste tous les deux dans le SUV. Il avait attrapé son bras avec l'autre et lutté pour rester vigilant alors qu'il devait effectuer trois changements de voie dans la circulation pour pouvoir s'arrêter sur l'accotement. Lorsque nous avions heurté la glissière de sécurité, les coussins gonflables s'étaient déployés. Après, c'est très flou. Je me souviens qu'il y avait des gens à l'extérieur du véhicule pour nous aider à en sortir. Ils n'avaient pas voulu me laisser voir mon père pendant qu'ils le mettaient dans l'ambulance. Ils m'avaient laissée monter dans la voiture de police pour me rendre à l'hôpital, où mon grand-père avait attendu avec moi jusqu'à ce que ma mère arrive.

Je haletai. Avec quelle rapidité le souvenir terrifiant s'était glissé dans mon présent. Je saisis la table, me concentrant sur le miroir du couloir devant moi. Je me penchai et tendis la main pour caresser Boo.

- Si seulement tu avais été avec moi aujourd'hui, lui dis-je. J'aurais probablement pu élucider le mystère. Non ?

Boo se frotta contre ma jambe et se mit à ronronner avant de s'asseoir sur son arrière-train pour nettoyer ses pattes avant. Je le ramassai et je fixai notre reflet dans le miroir. Sa fourrure noire soyeuse contrastait de manière frappante avec mes cheveux blonds. Elle étincelait de santé. Mes courts cheveux blonds sans vitalité pendaient de chaque côté de mon visage. M'examinant d'un œil critique, je soupirai.

- Je deviens trop mince, dis-je à Boo.

J'avais rarement envie de manger quand il faisait chaud, et si j'en jugeais par les poches sous mes yeux, je recommençais à faire de l'anémie. Avant de voir ma mère, j'aurais besoin d'appliquer une bonne couche de maquillage. Je pourrais aller me promener pendant l'heure du déjeuner afin que mon visage prenne un peu de couleur.

Je pris la résolution de faire plus attention à mon alimentation et me préparai un déjeuner sain et nutritif pour apporter à la bibliothèque de droit le lendemain matin. Pendant que je faisais le dîner, je regardai par la fenêtre et scrutai les passants sur le trottoir. Je ne vis personne musarder. Je secouai la tête, dégoûtée de moi-même. Pourquoi y aurait-il qui que ce soit ? Qui pourrait s'intéresser à moi ?

Le jour suivant quand je téléphonai au bureau, Millicent ne répondit pas. Un des autres partenaires de l'entreprise, Jeremy Gupta, prit mon appel.

- Mlle Swenson, je suis heureux que vous appeliez. C'est étrange, mais Mme Berrywhite n'est pas encore là. Elle arrive toujours la première au bureau. Je n'ai pas l'habitude d'avoir à ouvrir le cabinet moi-même.

Malgré mon inquiétude, je me pris à sourire, imaginant l'homme brillant quoiqu'un peu nerveux tenter quelque chose d'aussi terre-à-terre que déverrouiller la porte des locaux qui logeaient les bureaux des avocats.

- Êtes-vous au courant de quoi que ce soit au sujet de son agenda ? poursuivit-il.

- Non, répondis-je. Mais je sais qu'elle a appelé un des enquêteurs employés par le cabinet il y a quelques matins de ça.

Il fit une pause, puis continua.

- Merci pour cette information. D'habitude elle me prévient quand elle appelle un enquêteur. Je vais le contacter pour voir s'il sait quelque chose. Peut-être qu'elle avait une rencontre avec un client ce matin. Revenez au centre-ville, et nous vous trouverons quelque chose à faire.

De retour au Monadnock Building, je passai la journée dans une pièce remplie de vieilles boîtes défraîchies, examinant des dossiers médicaux, à la recherche d'une liste de termes médicaux qui donnaient la chair de poule tout en m'inquiétant au sujet de Millicent. Dans un fichier, je vis le nom Moltadano écrit et souligné dans la marge d'une déposition et je reconnus l'écriture familière de ma patronne. Moltadano. Le nom avait une consonance italienne et ancienne, comme s'il pourrait y avoir une histoire fascinante derrière celui-ci. Je pouvais imaginer des intrigues au sein de la cour des Médicis associées à ceux qui portaient ce nom. Je le roulai sur ma langue, sortis le fichier et le parcourus. Il s'agissait d'un cas de mort suspecte, et le coroner n'avait pas été en mesure de déterminer la cause précise de la mort. C'était le seul cas que je trouvai sur lequel Millicent avait travaillé. Je remis soigneusement le document à sa place dans la boîte et continuai à passer les dossiers en revue comme on me l'avait demandé.

Quelques jours s'écoulèrent ainsi, avec pour seul changement la chaise confortable que quelqu'un avait roulée dans la pièce pour moi. Je pensais qu'il devait s'agir de ma copine Georgina, mais la réceptionniste murmura que c'était M. Gupta.

En me rendant à mon arrêt d'autobus chaque après-midi, je n'arrivais pas à me débarrasser du sentiment d'être observée, encore que je ne vis jamais personne. Je continuais d'espérer voir Millicent tourner le coin de la rue avec son café du Starbucks et une explication pour son absence.

Lorsque je me présentai au travail le lundi matin suivant, je pouvais sentir la nervosité vibrer à travers le bureau.

La réceptionniste, d'habitude si amicale, me salua d'un ton glacial :

- Bonjour, Christa. M. Gupta vous attend dans le bureau de Mme Berrywhite.

Une des légistes debout à côté de son poste de travail me fixait avec insistance, mais elle baissa les yeux lorsque je regardai dans sa direction.

Je passai devant le comptoir de la réception pour me rendre au bureau si familier. Je m'arrêtai devant la porte et frappai. M. Gupta m'ouvrit et me fit signe d'entrer. Alors que je m'exécutais, je vis deux policiers dans la pièce. Les hommes se levèrent lorsque j'entrai et restèrent debout après que je me sois installée dans le fauteuil en face de M. Gupta. Le silence dans la pièce me déconcerta et je montrai des signes d'impatience en attendant que quelqu'un prenne la parole. J'avais l'impression qu'on me jaugeait.

- Millicent ne s'est toujours pas présentée au bureau, déclara M. Gupta, incapable de dissimuler son anxiété à l'égard de son amie et partenaire. Ces agents reviennent de son appartement. Il ne semblerait pas qu'elle ait été là non plus. En parcourant ses notes dans son secrétaire, j'ai trouvé une enveloppe sur laquelle il était écrit 'Dans l'éventualité où je disparaîtrais.'

Je sentis tous les yeux se poser sur moi alors que je regardais l'enveloppe dans ses mains. Je frissonnai.

- Elle s'attendait à ceci ?

- Je ne sais pas. Elle n'a jamais exprimé la moindre préoccupation au sujet de sa sécurité devant moi, et j'aimerais croire qu'elle l'aurait fait. Mais ce qui est intéressant à propos de ce paquet, c'est ce qui était à l'intérieur.

Il leva la grande enveloppe en papier kraft.

- Juste un bout de papier vierge et ceci.

Il sortit une enveloppe plus petite.

- Elle contient un billet d'avion et de l'argent à l'intérieur d'une enveloppe avec votre nom, Christa Swenson, dessus.

Il se pencha sur le secrétaire et me tendit l'enveloppe en question.

Je l'ouvris avec des mains tremblantes, sous le regard de M. Gupta et des deux agents de police. Je ne pus réprimer un halètement de surprise. L'enveloppe contenait un billet d'avion à mon nom à destination de Paris, avec une petite pile de billets de cinquante dollars et une note sur un post-it bleu collé sur le devant du billet d'avion. Millicent avait écrit un seul mot de sa belle écriture soignée : Va.

Chapitre 5: Millicent portée disparue

Je continuai de travailler pour le cabinet d'avocats et complétai le reste de mon stage de deux mois, espérant toujours, alors que les jours traînaient en longueur, que Millicent revienne saine et sauve.

Elle ne revint jamais.

Une semaine après sa disparition, je m'entretins avec l'enquêteur, un homme qui se présenta simplement comme étant Mike, et avec Jeremy Gupta.

Mike repassa les incidents de ce matin de juin avec moi plusieurs fois.

La première fois, nous nous rencontrâmes en présence des agents de police et de M. Gupta.

- Racontez-moi encore une fois ce qui s'est passé ce matin-là, Christa, dit Mike. Que faisiez-vous ?

- Je me rendais à mon travail, déclarai-je. Alors que j'approchais du bureau, cet homme a attiré mon attention. Il était appuyé contre l'édifice.

- Continuez, dit Mike. À quoi ressemblait-il ?

- Grand. Les cheveux bruns lui allant jusqu'aux épaules. Il portait un feutre et des lunettes de soleil.

- Avez-vous pu voir son visage ?
- Il m'a semblé très beau. Il avait une bouche remarquable et une mâchoire prononcée.
- L'aviez-vous déjà vu avant ? s'enquit l'un des policiers.
- Non, répondis-je.
- L'avez-vous vu depuis ? demanda l'agent.
- Non, et pourtant je l'ai cherché, répliquai-je.

Mike dévisagea l'agent de police qui avait parlé, dans l'expectative.

- Continuez, je voulais juste avoir ces faits, répondit le policier.
- Donc il ne vous a rien dit ? demanda Mike.
- Je l'ai seulement vu depuis l'autre côté de la rue. Mais il a posé son regard directement sur moi, m'a regardée droit dans les yeux, dis-je, frémissant involontairement à ce souvenir.

Il y eut un court silence.

- Vous aviez peur ? interrogea doucement Mike.
- Oui. C'est ce qui était étrange.
- Pourquoi ? Avait-il les mains dans ses poches ? Avait-il l'air dangereux ?
- Non, aucune de ces choses. Il avait juste... je ne sais pas. Il me faisait peur. On aurait dit qu'il le savait parce qu'il m'a regardée fixement.

Le détective et les deux policiers échangèrent des regards pendant que ceux-ci fouillaient dans leurs papiers.

- Merci, Mlle Swenson. Si vous pensez à autre chose, s'il vous plaît faites-le nous savoir, dit Mike en concluant l'entretien.

Jeremy, d'autre part, s'intéressait davantage à la raison pour laquelle Millicent m'avait laissé l'argent et le billet d'avion pour aller en Europe. Il ne semblait pas avoir de problèmes avec le fait qu'elle ait agi ainsi, il voulait simplement mieux comprendre le pourquoi de son geste. Je ne pouvais pas lui répondre, sauf pour lui dire qu'elle savait que je voulais y aller, tout comme elle savait que je n'avais pas les moyens de me payer un tel voyage.

Quand je le lui dis, il sourit.

- C'est pour cette raison qu'elle voulait vous envoyer là-bas. Elle travaillait très dur, mais elle croyait qu'il fallait réaliser ses rêves. J'ai remarqué, depuis le peu de temps que je vous connais, que vous semblez totalement concentrée sur la réalité en face de vous. Mais ce n'est pas tout dans la vie. Il y a tellement plus, et vous devez aussi vous garder du temps pour les rêves.

Durant le week-end du 4 juillet, j'allai faire une randonnée en voilier avec Trevor. Nous parlâmes de beaucoup de choses, y compris de ses fiançailles récentes à une fille qu'il avait rencontrée à Northwestern. Elle suivait les cours préparatoires pour entrer à l'école de médecine et elle avait l'intention de devenir chirurgienne. Tant pis pour les plans que nos mères avaient pour nous.

Juillet passa rapidement. Je vis plusieurs fois mon frère et ma sœur qui allaient encore à l'école secondaire. Simon et Simone passaient l'été ensemble en colonie de vacances et ils vivaient des tonnes d'aventures en faisant du camping sauvage et de la randonnée pédestre. Ça me paraissait génial, sauf de devoir porter des bottes de randonnée, transporter un sac à dos et dormir dans une tente. Je préférais dormir dans un lit et prendre le train pour me rendre là où je voulais aller. J'étais heureuse de voir que les jumeaux trouvaient leur bonheur dans les choses simples de la vie. Ils étaient encore très jeunes quand notre père était mort et se souvenaient à peine de lui. J'étais dans la voiture avec lui sur l'autoroute quand il avait eu sa crise cardiaque, alors je ne l'oublierais jamais. Une minute il était là, et la suivante il n'y était plus. Mon monde avait été scindé en deux. Avant ce jour-là, l'avenir était une source de curiosité et d'espoir. Après l'accident de voiture, j'avais réalisé que le monde pouvait être séparé entre le passé et le présent en l'espace de quelques secondes.

L'impression d'être suivie sembla s'évaporer environ une semaine après que Millicent ait disparu. Pendant le jour en tout cas. La nuit, cependant, mes rêves étaient hantés par les souvenirs et la peur vécus le jour où j'avais vu l'inconnu.

La vue de l'argent dans l'enveloppe me choqua et m'enthousiasma tout à la fois. Après la mort de mon père, l'argent était devenue une denrée rare. Ma mère nous avait élevés seule, mon frère, ma sœur et moi.

J'allais à l'université grâce à une bourse d'études, et je pouvais seulement me permettre l'appartement parce qu'une amie me le sous-louait pendant son année d'études à l'étranger. Je divisai l'argent que Millicent m'avait donné en cadeau en deux, décidant d'utiliser une moitié de cet argent pour ma dernière année d'études, et l'autre moitié pour voyager.

Millicent et son généreux présent m'avaient donné des ailes, et je choisis de voler. Je n'allais plus simplement rêver de la Ville Lumière. Je voulais demander à mon amie Stacey de m'accompagner, mais elle venait de se marier en mai, aussi décidai-je d'y aller en solo. Cela me donnerait une occasion d'être aventureuse, me dis-je. Je pourrais passer mon temps à visiter des sites historiques, flâner dans les librairies, ou explorer. Faire tout ce dont j'avais envie, quand j'en aurais envie. De plus, comme me le rappela mon côté pratique, j'avais le temps de faire ce voyage avant le début du prochain semestre, alors je fis les arrangements nécessaires. Quand le stage d'été de huit semaines prendrait fin en août, j'irais à Paris.

Le fait que j'aie reçu un cadeau aussi généreux me rendit intéressante aux yeux de la police, mais en fin de compte ils acceptèrent de me laisser voyager à l'extérieur du pays, à condition que je les informe de l'endroit où j'allais rester. Le fait que ma mère travaillait pour une conseillère municipale dut probablement aider aussi.

Ma mère allait s'occuper de Boo pendant mon absence, et je laissai mes plantes aux soins d'une gentille voisine de palier. Ma mère me conduisit à l'aéroport le jour où j'allais partir à l'aventure. Au moment où j'ouvrais la portière pour monter dans sa voiture, je levai la tête et aperçus Boo qui regardait en bas, perché sur le bord de la fenêtre. Ses yeux verts brillèrent, réfléchissant la lumière d'un lampadaire, et je souris et agitai la main, regardant sa bouche former un son que je ne pouvais pas entendre.

Chapitre 6: Le voyage

J'arrivai à Paris la première semaine d'août.
Mon hôtel était un endroit charmant à quelques
pâtés de maisons de l'Opéra de Paris. C'était un hôtel
plus ancien, un grand bâtiment étroit qui s'harmonisait
aux autres édifices commerciaux de la rue. Ma chambre
aux dimensions réduites était propre, avec un édredon
blanc et bleu très épais sur un lit qui occupait la plus
grande partie de l'espace. La salle de bain était
minuscule elle aussi – toute en porcelaine blanche, elle
ne contenait que l'essentiel. Des croissants et du café
étaient servis dans le lobby pour le petit déjeuner, alors
j'y mangeais chaque matin, écoutant le chant des
oiseaux dans la volière. Les seuls autres clients de
l'hôtel étaient deux couples de québécois avec qui
j'échangeais de polis « Bonjour » tous les jours.

J'eus vite fait de découvrir qu'en août, Paris se vide.
Les Parisiens vont en vacances – en Espagne, en
Grèce, ou quel que soit l'endroit où vont ceux qui sont
au parfum. Je me promenai à travers la ville avec mon
guide de voyage, admirant les sites touristiques et
prenant des photos.

Le centre-ville, contrairement à Chicago, n'était pas
saturé de gratte-ciel. La plupart des bâtiments au cœur

de la ville avaient six étages, et un seul building lisse et moderne surplombait les autres édifices gracieux et plus anciens. Un certain nombre de tours d'habitations bordaient le périmètre éloigné de la ville.

Bien que les stations de métro soient faciles à repérer avec leurs entrées et leurs signes emblématiques en fer forgé, je préférais marcher. Il y avait tant de choses à voir que j'avais l'impression que tout le temps passé sous les rues signifiait que j'allais manquer quelque chose au niveau du sol.

Je pris beaucoup de plaisir à parcourir la ville, à regarder les gens passer à côté de moi sur les trottoirs, à croiser des cafés avec des chaises et des tables placées stratégiquement en devanture. Je voulais tout voir, et j'étais persuadée que deux semaines ne suffiraient pas.

Pendant que j'étais au Louvre, je fus frappée par la magnifique statue de la Victoire de Samothrace qui trônait au sommet d'un grand escalier. Je passai un long moment debout devant la femme sans tête ni bras, les ailes dans son dos toutes grandes déployées, incapable de m'en détacher. Selon une guide britannique qui s'était arrêtée en face de la statue avec son groupe pour commenter d'un ton rapide, cette œuvre était remarquable parce qu'elle montrait une pose oscillant entre le mouvement et l'immobilité alors qu'une brise soufflait sur sa tenue de marbre.

Je n'arrivais pas à penser à autre chose qu'à Millicent portée disparue. D'une certaine manière, cette silhouette en pierre représentant une femme belle et forte à qui il manquait la tête et les bras me faisait penser à elle. Contre qui ou quoi s'était-elle battue, et avait-elle perdu ce combat ?

Millicent demeurait au centre de mes pensées même si j'essayais de me perdre dans la beauté et la culture rassemblées dans cette ville mythique.

En plus des musées, je visitai les bouquinistes le long de la Seine et les librairies éparpillées à proximité. Aucun de ces magasins ne semblait dégager le bon feeling. L'une des choses que j'aimais le plus dans les librairies était de feuilleter les livres. Ici, j'entrais dans un commerce et je me faisais intercepter par une ou deux vendeuses, et on ne me permettait pas de manipuler les livres. On ne voulait visiblement pas que les clients touchent la marchandise, alors je n'avais plus qu'à partir.

En flânant dans le Quartier Latin, une petite librairie attira mon attention. Un endroit charmant, avec une rampe en fer forgé finement détaillée qui guidait les passants vers l'entrée, trois marches en contrebas de la rue.

Chapitre 7: La librairie

J'ouvris la porte et tombai amoureuse des lieux. On sentait que l'endroit avait du vécu, comme si les livres y étaient appréciés depuis très longtemps. Il y avait plus de bouquins qu'on pouvait en vendre ; il était clair que les ventes n'étaient pas la raison d'être de ce commerce. Il y avait des textes de qualité et de valeur, des œuvres attrayantes pour les collectionneurs, pas seulement des piles de bestsellers et de livres décoratifs sur les présentoirs de table.

Le propriétaire était un homme plus âgé, et le fait que je sois une Américaine ne sembla pas le déranger. Après avoir présumé que je voulais feuilleter les livres, il s'assit à son antique bureau et fit bruisser quelques papiers en tapant sur son ordinateur. J'avais le sentiment que c'était seulement pour sauver les apparences, et que c'était sa façon de me laisser regarder les bouquins en paix tout en gardant un œil attentif sur moi comme tous les commerçants le faisaient.

Tandis que je parcourais les immenses étagères en bois qui bordaient les murs de la boutique, pour une raison quelconque, le nom que j'avais vu dans le fichier à Chicago, Moltadano, me revint à l'esprit. Par curiosité, je décidai de chercher quelque chose sur les noms de famille. Le nom avait une consonance italienne, aussi demandai-je au propriétaire de me montrer l'emplacement des ouvrages relatifs à l'Italie.

Il releva un sourcil.

- Une belle fille dans ma belle ville, et vous me parlez d'un Italien ? Devrais-je être jaloux ?

Je me mis à rire.

- C'est seulement de l'information à propos d'une famille. Je suis tombée sur le nom une fois, et il est resté coincé dans ma tête. Moltadano. Avez-vous entendu parler d'eux ?

- Ah, vous devriez regarder en France alors, ma petite. La famille Moltadano a quitté l'Italie il y a plusieurs siècles. Ils ont vécu ici pendant un certain temps, puis ils ont disparu. J'ai entendu dire qu'ils conservent une résidence à Rouen. Une très vieille famille, très... introvertie. Ils aiment leur solitude. Étudiez-vous la mythologie ? Vous pourriez chercher par là.

Je croyais qu'il allait m'orienter vers la section du crime. Mais la mythologie ? Je ne crois pas que les gangsters soient un mythe.

Il sortit un livre avec une reliure en cuir vieilli. La luxueuse couverture rouge et la reliure noire me plurent d'ambiée, avant même qu'il n'ait ouvert le bouquin.

- Vous aimez les livres, dit-il. Ça se voit. Même la couverture vous interpelle ?

- Oui, répondis-je avec un sourire. Je suis une dévoreuse de livres.

- Dévoreuse de livres ?

Il avait l'air perplexe.

- C'est ainsi qu'on appelle les filles comme moi dans mon pays.

- Ici, les filles comme vous nous les appelons 'belle', dit-il d'un ton charmeur.

Je ris.

- Je m'appelle Christa, en fait.

Il haussa un sourcil, puis sortit un autre livre.

- Voici un ouvrage sur la ville de Rouen. Ce n'est pas loin, alors vous pourriez aller la visiter.

J'ouvris le volume, tournant les pages avec délicatesse, sentant le libraire m'observer. Quand je relevai la tête, je vis un sourire sur son visage.

- Vous appréciez les livres, je peux le voir par le soin que vous prenez en les manipulant. Tellement de gens de nos jours se contentent de les parcourir en vitesse ou même de les lire sur un ordinateur.

Je baissai les yeux en songeant à l'application Kindle sur mon ordinateur portable.

- Mais vous, vous aimez les livres. C'est bien. Les jeunes doivent lire, déclara-t-il, davantage pour lui-même qu'à mon intention.

Il tendit le bras pour replacer un livre qui n'était pas parfaitement aligné avec les autres.

Le téléphone retentit, et il s'inclina avant d'aller y répondre.

Tandis que je le regardais se diriger vers l'avant du magasin, mon regard fut attiré par quelque chose sur une étagère au-dessus de sa tête. Je tirai l'échelle de bibliothèque et trouvai un autre livre, hors de portée. Il semblait très vieux, en cuir de grande qualité avec en relief un cercle contenant un symbole cunéiforme qui ressemblait aux ailes d'un oiseau.

Quand le libraire tourna le coin, il se figea à la vue de ce que j'avais dans les mains. Le sourire quitta son visage, et il me prit le livre des mains, marmonnant que celui-ci n'était pas censé être sur l'étagère. Il sembla se retrancher au plus profond de lui-même, se refermant et cachant quelque chose de douloureux, puis il se reprit et sourit à nouveau. S'excusant profusément, il dit :

- Une autre cliente a téléphoné ce matin, s'enquérant au sujet de ce titre. Je ne l'avais pas encore sorti pour elle. Je suis désolé que vous l'ayez trouvé.

Intriguée, je le remerciai et continuai encore un peu de regarder à la ronde, me demandant quel mal il pourrait y avoir à lire un livre.

Comme en réponse à ma question, la sonnette de la porte retentit, et le propriétaire se dirigea vers le devant du commerce. Il fit une pause en regardant le nouveau client qui était caché à ma vue par la bibliothèque. Déposant le livre dans un espace ouvert sur une étagère hors de vue du nouveau venu, il dit finalement, d'une voix légèrement tremblante :

- Bonjour, Monsieur.

Chapitre 8: La légende

De sa main dissimulée derrière les rayons, le libraire m'indiqua silencieusement la porte arrière avant de s'avancer pour accueillir son client.

Je m'emparai du livre interdit sur l'étagère et le retournai pour trouver une étiquette de prix. Il n'y en avait pas, alors je déposai vingt euros sur une table voisine, espérant que ce soit suffisant, et je me glissai à l'extérieur par la porte qu'il m'avait indiquée.

En quittant le magasin, mon cœur battait follement à la façon étrange dont venait de se conclure ce qui aurait dû être une simple virée shopping.

Bien que me sentant stupide d'agir ainsi, je me précipitai à la station de métro la plus proche, m'attirant les regards curieux des passants alors que je me lançais dans la foule. Je voulais regagner la sécurité de mon hôtel. Dans ma chambre, je retirai mes chaussures et m'affalai sur le lit, impatiente de voir quels mystères ce livre interdit pouvait cacher. Je feuilletai les pages du livre de voyage, déçue de constater qu'il s'agissait seulement d'un guide illustré des villes et des traditions de la campagne italienne. Je le retournai dans mes mains, me demandant pourquoi le libraire était si réticent à ce que je l'aie en ma possession. Ce bouquin, si magnifiquement illustré soit-il, paraissait n'être qu'un quelconque guide de voyage du milieu du dix-neuvième siècle.

C'est-à-dire, jusqu'à ce que j'arrive au milieu. Le livre s'ouvrit sur un passage qui avait manifestement été consulté souvent : *La légende des Moltadano*.

La préface du chapitre mentionnait que le narrateur faisait le compte rendu d'un entretien avec un italien de la région qui avait entendu l'histoire racontée par son arrière grand-père.

Cette région, débutait le chapitre, avait été aux prises avec des vampires. Des démons suceurs de sang qui choisissaient leurs proies principalement parmi les jeunes, en général lorsque ceux-ci s'absentaient de la maison pour aller travailler dans les champs. Leurs victimes de prédilection semblaient être les jeunes femmes, plus particulièrement les servantes, qui disparaissaient assez fréquemment.

La solution pour enrayer ce fléau arriva finalement quand un étranger qui venait du sud de l'Italie, Signore Moltadano, comparut devant le Conseil de ville. Il informa celui-ci que moyennant un certain paiement, il allait débarrasser la cité des démons. Il voulait une part du trésor civique, une bague de la collection de l'église de la ville. Les prêtres s'y opposèrent car l'anneau appartenait à une sainte locale, Sainte Maria. Mais le Conseil convainquit les membres du clergé que la sécurité des vivants devait l'emporter sur les préoccupations d'honorer le passé.

Et qui savait si l'étranger allait réussir ?

Le Conseil de ville accepta de payer le prix exigé par l'étranger. Si la ville passait un an sans subir d'attaque, on allait lui donner la relique qu'il demandait.

Il s'inclina et disparut. Une semaine plus tard, il revint avec douze corps qu'il exposa sur la place du village pour le Conseil. Curieusement, bien qu'ils soient morts, les corps avaient l'air frais. Signore Moltadano mit le feu aux cadavres qui s'animèrent alors qu'ils brûlaient, se tordant et hurlant. Ils furent finalement réduits en cendres tandis que la fumée s'élevait vers le ciel, et le silence tomba sur la foule.

L'horrible supplice terrifia les habitants. Ils rompirent leur alliance avec Signore Moltadano et réussirent même à bannir la famille Moltadano de l'Italie.

Je frissonnai.

Dans la marge de ce chapitre il y avait une note écrite à la main. *Pas de croix, pas de pieux ?* Avait demandé un lecteur.

La réponse, écrite soigneusement en-dessous, disait : *Pas dans les légendes des Moltadano. Non, il n'y a aucun de ces objets. Paris est une ville ancienne. Nous avons nos gargouilles pour la protection, mais sont-elles suffisantes ?*

Juste ce dont j'avais besoin, songeai-je avec une grimace. Une nouvelle histoire d'épouvante quand j'étais déjà nerveuse. Je décidai de retourner le livre le lendemain matin.

Cette nuit-là je rêvai de monstres et de saints. Les monstres combattaient les vaillants membres du clergé, à la fois pour les vivants et pour le corps de la sainte, pendant que les conseillers municipaux se tenaient là et débattaient. Je me redressai dans mon lit, tout en sueur. Alors que je regardais par la fenêtre, luttant pour rester éveillée assez longtemps pour que le rêve se dissipe, je vis un mouvement dans les rues obscures en contrebas. Je reculai légèrement de la fenêtre et j'attendis. Un chat traversa le caniveau et se jeta sur quelque chose que je ne pouvais pas voir. Je me mis à rire. Juste un chat. Je retournai dans le lit et me rendormis.

Le matin suivant, je revins sur mes pas jusqu'à la petite librairie. Quand j'y arrivai, le signe dans la porte du magasin était tourné du côté 'Fermé'.

Je passai le reste de la journée à errer dans Paris. Je tombai sur une exposition bizarre au musée médiéval de Cluny. En plus des célèbres tapisseries de La Dame à la Licorne, le musée abritait une collection de reliquaires, des chapelles miniatures détaillées contenant les ossements de saints. Macabre, songeai-je. J'en vins à me demander si la bague de la sainte dans l'histoire de Moltadano contenait un de ses os ou une de ses dents. Cette pensée me fit frémir.

Me baladant dans ses rues, je constatai que Paris n'est pas seulement un monument au passé. Le présent m'entourait, faisant pression de toutes parts avec les bruits de la circulation et des passants. Je tentai donc de me concentrer sur ce monde vivant débordant de vitalité autant que sur l'art et l'histoire de la belle capitale. La ville avait d'élégants immeubles d'habitation, une autre intersection entre le passé et le présent. Les résidents actuels de ces bâtiments majestueux rendaient les rues de Paris gracieuses. Levant les yeux vers les édifices depuis le trottoir, je voyais souvent des chats qui me regardaient du haut de leur juchoir. Certains étaient des chats persans, enveloppés dans leur belle fourrure grise, blanche ou noire. D'autres étaient des chats domestiques ordinaires. Ils me rappelaient mon chat Boo. À l'occasion je voyais un chat dans la rue, et je me penchais vers lui, dans l'espoir d'apaiser mon mal du pays avec une caresse, mais les chats étaient trop rapides pour que j'arrive à les toucher.

Ce soir-là, je me promenai le long de la Seine, ma main traçant les sommets des parapets séparant le trottoir du fleuve sombre qui passait plus bas. Je trouvai un banc le long du pont, où je m'assis pour regarder l'eau couler tout en écoutant le doux clapotis. Le son me détendit, me rappelant les nuits passées au bord du lac Michigan, quand je fermais les yeux et me perdais dans le flux et le reflux de la marée du plan d'eau. Le son ce soir était similaire. Je sombrai dans ma rêverie habituelle, me demandant qui d'autre pouvait être passé par ici. Des échanges murmurés entre des amoureux clandestins élégamment vêtus pendant la Belle Époque, ou des intrigues manigancées par les révolutionnaires et contre-révolutionnaires du règne de la Terreur. Des gens se rencontrant là où il n'y avait personne pour les épier, la Seine coulant tout près se faisant l'unique témoin de leurs rêves.

Je sortis de ma rêverie et me retrouvai dans le présent. J'avais l'impression de manquer quelque chose qui était juste en face de moi. J'entendis des pas derrière moi, des pas qui résonnaient dans les artères désertes. Lorsque je me retournai et regardai, je ne vis personne. Les rues étaient vides – je devais retourner à ma chambre. Je me levai et me hâtai. Près de l'Opéra, il y avait des gens dans la rue, et je me détendis. Je fus malgré tout heureuse d'atteindre la sécurité de l'hôtel. L'employé à la réception me dit « Bonsoir, Mademoiselle » alors que je me dirigeais vers l'ascenseur. Une fois dans ma chambre, je verrouillai la porte et vérifiai si ma fenêtre était fermée. Cette nuit-là, le son nocturne du fleuve ondoyant emplit mes rêves.

Le lendemain matin, je retournai à la librairie. Je ne fus pas étonnée de voir un policier debout devant la porte.

Je frissonnai, me sentant étrangement responsable de la situation. La présence du policier confirmait mon pressentiment qu'un crime avait eu lieu. Devais-je aller vers lui et lui dire ce que je savais ?

Si je le faisais, que pourrais-je dire ? Que j'avais été dans la boutique, et que le vendeur semblait avoir peur d'un client que je n'avais jamais eu l'occasion de voir ?

J'avais senti une présence, cependant, quelque chose qui vibrait en bordure de mes sens comme à Chicago.

Je me mêlai à la foule et glanai l'information que je pouvais. Un boulanger volubile me raconta que le propriétaire de la librairie avait fermé son commerce comme d'habitude il y avait deux soirs de ça, mais qu'il n'avait pas ouvert le lendemain matin. Comme il n'avait pas mentionné à ce voisin qu'il prévoyait partir en vacances, l'homme s'était renseigné et avait appris que le libraire ne s'était jamais rendu chez lui. La police avait trouvé son corps à l'intérieur de son magasin.

Je ne pus saisir aucun autre détail à propos de ce qui s'était passé. On aurait dit que les gens cessaient de chuchoter quand ils m'apercevaient. Je supposai que c'était parce que j'étais une étrangère qui s'immisçait dans un drame de quartier.

J'avais le sentiment d'être observée et je jetai un coup d'œil à la ronde. Un bel homme de grande taille aux cheveux noirs et portant des lunettes de soleil sembla disparaître dans la foule. Le bref aperçu que j'avais eu de lui me donna le frisson. Était-il réel ? Il avait l'air de se faufiler dans la foule avec une telle aisance, comme si les gens n'étaient pas conscients de sa présence. Ils ignoraient la peur à son égard.

Je retournai vers mon hôtel en passant par la Seine. Serait-il préférable d'aller à l'église ? Notre-Dame de Paris n'était pas loin. Je me rendis sur le pont et regardai l'eau couler en dessous. Les gens passaient devant moi, et ils n'avaient pas l'air terrifiés. Un bateau de croisière glissa sous le pont, un guide avec un mégaphone parlant en allemand à ses passagers. Je saisis fermement la balustrade en pierre et levai les yeux vers le ciel. Quelques oiseaux tournèrent en rond puis volèrent avec grâce de l'autre côté du cours d'eau.

J'enviais leur liberté de voler où ils le souhaitaient, vivant au-dessus de cette ville magnifique. Debout sur le sol en dessous d'eux, je me sentais frappée de terreur et enchaînée à la terre.

C'étaient des vacances. Je n'avais pas à rester ici – je pourrais toujours revenir quand je me sentirais plus sereine. Peut-être que j'avais juste besoin de me distancer un peu du drame local concernant le libraire. Je me rendis à la gare sans retourner à l'hôtel et achetai un billet pour le prochain train en partance pour l'Italie.

Une fois installée à bord, je téléphonai à mon hôtel et expliquai que les circonstances nécessitaient que je parte à l'improviste, leur demandant de réexpédier mes quelques affaires à Chicago.

Je me calai dans le siège et regardai par la fenêtre. Ouvrant à nouveau le livre de voyage, je lus sur Venise.

Chapitre 9: Venise

Après un voyage en train de dix heures, j'arrivai à Venise. Je trouvai facilement la pension que j'avais contactée à bord du train et je me procurai quelques articles vestimentaires dans une petite boutique à proximité.

Je me rafraîchis le visage en arrivant dans ma chambre, puis je regardai mon reflet hagard dans le miroir. *Il faut que tu te ressaisisses. Tu viens juste de fuir une ville sans tes bagages parce que tu avais peur...* de quoi ? Peut-être que le vieil homme avait simplement eu une crise cardiaque, et les gens s'étaient rassemblés parce qu'il s'agissait d'un voisin de longue date. Je pris une profonde respiration, puis encore une autre.

Finalement, un peu plus calme, j'allai à la fenêtre et jetai un coup d'œil à l'extérieur. La pension donnait sur un canal, et les bateaux amarrés le long de celui-ci tanguaient doucement sur l'eau. Le soleil de fin d'après-midi conférait un éclairage sublime à la scène. C'était Venise, après tout.

De bonne heure le lendemain matin, je me retrouvai sur la place Saint-Marc, au cœur de la ville. Les commerces ouvraient, et les propriétaires des cafés étaient en train d'installer les tables et les chaises à l'extérieur. Des vagues de pigeons s'élevèrent du pavé et volèrent autour de moi et du square, leurs corps se soulevant et bougeant comme une seule entité. Je les regardai voler en cercles dans le ciel et remarquai une silhouette ailée au sommet de l'édifice principal. Il devait s'agir de saint Marc. En dessous de lui se trouvait la statue d'un lion ailé tenant un livre ouvert avec une patte.

Parcourant mon guide de voyage acheté à la gare, je fis le tour de la place centrale. Je n'avais pas envie d'entrer dans les petites boutiques. J'avais besoin d'être dans la lumière du soleil, de faire partie d'une foule. Les gens autour de moi qui étaient assis à des tables, bavardant joyeusement en buvant leur café et en mangeant des pâtisseries, me donnaient un sentiment rassurant de normalité.

Atteignant le Palais des Doges, je décidai d'y entrer. C'était le bâtiment que Millicent avait pris en photo, celle qui maintenant ornait son bureau.

Je restai muette d'admiration en me promenant au milieu des somptueuses splendeurs, imaginant un monde où les gens vivaient dans un tel luxe. Mais tout au long de ma visite, j'eus l'impression que quelqu'un m'observait. Retournant dans le soleil, je redressai les épaules, me rappelant qu'il s'agissait de lieux publics, et que j'étais en sécurité.

Je voulais voir le Pont des Soupirs, la célèbre traverse que les prisonniers condamnés devaient emprunter en route vers la prison. Avançant dans le passage étroit du pont couvert, je vis une ombre qui se tenait debout à l'autre extrémité. Tout au fond de moi, je sentais un je-ne-sais-quoi d'obscur rôder devant. C'était exactement comme lorsque j'avais vu l'inconnu à Chicago et l'homme en bordure de la foule à l'extérieur du magasin du libraire à Paris. J'étais terrifiée comme si ma propre liberté était en jeu.

Je fis demi-tour et courus dans le bâtiment principal, puis à l'extérieur sur la place centrale. Une fois dans la lumière du soleil, mes craintes s'évaporèrent de nouveau, mais j'avais le sentiment d'être seule dans la foule. Je ne parlais pas italien, si bien que la barrière de la langue contribuait à ma peur.

L'âge de cette ville, qui semblait si dangereusement proche de sombrer dans l'Adriatique, m'entraînait en dessous. Au fond je sentais que quelque chose n'allait pas avec moi. J'avais besoin de rentrer à la maison.

Chapitre 10: Course à Milan

Je quittai ma pension, mais, refusant de céder à la peur, je pris le train pour Milan. Je trouvai une place dans une voiture bondée et fus bientôt entourée par le bavardage des autres passagers. Je fermai les yeux pendant quelques minutes, me laissant envelopper par leurs conversations en italien et en français. Les sons réconfortants et le panorama clair et dégagé de la campagne toscane me détendirent, et je sentis la peur se dissiper encore davantage avec chaque kilomètre qui m'éloignait de Venise.

C'étaient des vacances, et j'étais déterminée à en profiter. Je n'éprouverais pas ce sentiment de terreur et cette sensation d'être observée partout en Italie. En rentrant chez moi, je prendrais rendez-vous à la clinique de santé étudiante. Je verrais s'il y avait une pilule pour la paranoïa. Je ronchonnai. Ouais, j'étais sûre qu'il y avait une pilule pour ça. Entre-temps je pouvais sûrement oublier mes craintes pendant quelques heures.

Le train arriva à Milan vers midi. Après avoir porté mon sac de voyage à un petit hôtel sous le soleil cuisant d'août, je décidai d'aller explorer la ville.

Je ramassai quelques brochures et vis que La Cène de Léonard de Vinci se trouvait à proximité, aussi résolus-je d'aller admirer cette œuvre en tout premier lieu. Les billets en prévente étaient nécessaires pour entrer dans le couvent, mais la chance me sourit et je réussis à acheter un billet d'un revendeur. Je suis sûre qu'il n'eut aucune difficulté à repérer la touriste américaine : j'étais appuyée contre un mur et je regardais dans la rue avec une expression découragée, mon sac à main à l'épaule et ma bouteille d'eau sous le bras alors que je feuilletais mon guide. J'enfreignais plusieurs lois en achetant un ticket par son intermédiaire, mais c'était peut-être ma seule chance de voir l'œuvre célèbre. Je sortis un des billets de cinquante dollars de Millicent, et le revendeur fut satisfait.

L'image emblématique avait été peinte dans le grand réfectoire du couvent – le fait qu'elle ait survécu aux bombardements des alliés durant la Seconde Guerre Mondiale était considéré comme un miracle. Les yeux rivés sur la scène qui couvrait le mur pendant les quinze minutes qui m'étaient allouées, je constatai que les visages des disciples du Christ montraient la colère et le choc, des émotions que les images commerciales familières avaient adoucies. J'examinai chaque homme tour à tour, regardant la gamme des émotions montrées sur leurs visages et dans leur langage corporel. J'étais tellement absorbée qu'un autre observateur entra en collision avec moi. Je souris et murmurai un « Y a pas de mal » à ce que je supposai être des excuses, ne comprenant pas ce qu'il disait. Trop vite mon groupe fut entraîné vers la sortie, et je fus à nouveau dans la rue, clignant des yeux dans la lumière du soleil.

Des vendeurs bordaient les trottoirs, et j'achetai une carte postale en souvenir. Les ombres s'allongeaient dans l'après-midi, soulageant la ville du soleil plombant d'août.

Après avoir consulté mon guide pour trouver la prochaine attraction à ne pas manquer, je me dirigeai vers la célèbre Cathédrale de Milan qui n'était pas loin. J'y parvins juste avant 16h.

La cathédrale était une structure imposante aux multiples ornements qui occupait tout un côté d'un grand square. Elle était à la fois époustouflante et déconcertante. Immense, elle s'élevait de chaque côté de l'édifice frontal, dans un style on ne peut plus flamboyant. J'essayai de compter les flèches qui couraient le long du toit, mais j'arrêtai avant d'y être parvenue – il y en avait beaucoup trop. Ouvrant le guide, je vis que je n'étais pas la première à qualifier la cathédrale de 'flamboyante.' John Ruskin, le célèbre critique d'art britannique, avait fait la même observation. Et il y avait plus de 135 flèches.

Le résultat final, bien que chaotique, était étonnamment aéré et raffiné. Alors que je me tenais là, lisant au sujet de l'histoire de l'édifice en pierre, j'entendis les cloches commencer à sonner l'heure. Le son ne provenait pas de la cathédrale – il venait du voisinage. On aurait dit que chaque carillon, ample et profond, augmentant régulièrement, convoquait quelque chose de malveillant dans le square.

Ce son ranima instantanément ma terreur. J'ouvris la bouche, reculai, et tombai dans une fontaine au milieu de la place. M'extirpant du bassin et m'asseyant sur le bord de la fontaine, ignorant les ricanements d'un groupe d'adolescents qui passaient par là, j'essorai l'eau de mes vêtements et frottai une petite ecchymose en train d'apparaître sur ma jambe.

Des bruits de pas attirèrent mon attention. Levant les yeux, je vis un grand homme aux cheveux foncés émerger d'une galerie voisine. Il était vêtu d'un costume gris sur mesure et portait des chaussures dispendieuses en cuir, et – malgré la chaleur – il tenait un manteau de laine noire sur un bras.

- Est-ce que ça va, Mademoiselle ? s'enquit-il d'une voix douce et mélodieuse.

J'acquiesçai, et c'est alors que cela me frappa – non seulement il s'était adressé à moi en anglais, mais il avait l'air de me reconnaître bien que je sois certaine de ne jamais l'avoir vu avant.

Remplie d'effroi, je glissai du bord de la fontaine et rejoignis un groupe de touristes. Il fit quelques pas de plus dans ma direction puis s'arrêta, semblant satisfait de rester là et de me regarder m'éloigner.

Lorsque le groupe de touristes fit halte pour écouter le guide qui les accompagnait, je fis demi-tour et retraversai le square en courant, m'esquivant dans la foule du mieux que je pouvais. C'était le même sentiment que j'avais éprouvé en présence de l'inconnu à Chicago. Je comprenais la peur que le libraire à Paris avait montrée, et Millicent aussi, même si elle n'en avait pas discuté avec moi. Il y avait quelque chose au sujet de ces gens dont j'ignorais l'identité mais qui semblaient me suivre où que j'aille – j'éprouvais de la terreur quand ils approchaient.

Je me demandai brièvement s'ils étaient même réels, ou simplement des symptômes de délire paranoïde. Si je pouvais formuler cette pensée, je n'étais pas malade mentalement. Exact ?

Je secouai la tête pour m'éclaircir les idées. Il fallait que je rentre à la maison et que j'aille consulter un docteur. Pourquoi ces personnes engendraient-elles tant de crainte de ma part ?

J'attrapai un taxi pour me rendre à l'aéroport et fis la queue à la billetterie, essayant d'être placée en stand-by afin de pouvoir partir immédiatement, mais il n'y avait aucun vol vers les États-Unis depuis Milan jusqu'au lendemain matin.

Quittant l'aéroport, je fulminai contre moi-même et mes nerfs à fleur de peau. L'homme avait probablement simplement deviné ma nationalité d'après mon apparence. Même si j'avais acheté quelques fringues en Italie, je portais un tee-shirt et un jean, des baskets et un sac à dos, comme les autres jeunes touristes que je croisais. Il fallait que je me ressaisisse.

J'arpentai anxieusement la ville toute la soirée, m'arrêtant finalement dans un café pour dîner, davantage pour passer le temps que parce que j'avais faim. Après avoir regardé le menu pendant quelques minutes, j'indiquai l'un des mets sur la liste, ne me souciant pas de ce que c'était.

Quand la nourriture arriva, je fus soulagée de constater que j'avais commandé des pâtes avec une sauce rosée. Je m'assis nerveusement à la table en bois sur le trottoir et touchai à peine à mon assiette de pâtes. Le serveur me demanda dans un anglais approximatif si ma nourriture était bonne. Il semblait tellement soucieux de savoir si j'aimais sa nourriture que je fondis en larmes. Ça faisait si longtemps que je n'avais pas eu de véritable conversation avec quelqu'un – depuis le libraire à Paris, je n'avais parlé à personne.

Le serveur inquiet retourna à l'intérieur du café, réapparaissant quelques minutes plus tard en compagnie d'une vieille femme qui vint s'asseoir avec moi pendant le reste de mon repas. Je présumai qu'il s'agissait de la propriétaire, mais nous ne pouvions pas vraiment communiquer. Je mangeai un peu plus, ce qui sembla lui faire plaisir, et elle jeta un coup d'œil à ma carte postale de La Cène. Ensemble nous regardâmes les gens passer dans le crépuscule grandissant. Il était environ 20h quand je payai le garçon de table, les remerciant de mon mieux, la vieille femme et lui, avant de quitter les lieux.

Demain je quitterais l'Europe et retournerais à Chicago, et j'irais à l'école à l'automne. Je serais en mesure de laisser ces mystérieuses disparitions et ces sentiments d'effroi derrière moi une fois que je serais rentrée à la maison.

De retour à mon hôtel, je me rendis compte que j'avais laissé ma carte postale souvenir de La Cène sur la table du café. Je ne parvins pas à chasser le sentiment que j'avais peut-être laissé ma seule chance de salut derrière avec le gentil serveur.

Chapitre 11: Le vol de retour

Après une autre nuit agitée, je quittai l'hôtel pour me rendre à l'aéroport. Lorsque je m'enregistrai sur mon vol, l'hôtesse de l'air me dit que mon siège était maintenant en première classe. Cela me surprit, mais elle ajouta quelque chose à propos d'un grand groupe et d'un surbooking. Je n'étais pas convaincue qu'elle me disait la vérité, mais son anglais n'était pas parfait, aussi n'insistai-je pas. Elle arqua un sourcil finement épilé quand je lui dis que je n'avais aucun bagage à enregistrer, mais quand je lui expliquai que j'avais fait expédier mes valises, elle hocha la tête et me donna ma carte d'embarquement. En chemin vers la porte d'embarquement, j'achetai une autre carte postale de La Cène ainsi que plusieurs de la Cathédrale de Milan. J'écrivis des petits mots à ma famille et à quelques amis. L'employé du magasin était disposé à les poster pour moi, moyennant un petit montant d'argent, alors je les lui laissai avant d'aller à ma porte.

En attendant qu'on appelle mon vol, je fus prise d'un sentiment d'échec. Comment avais-je pu transformer le voyage dont j'avais rêvé toute ma vie en une course paranoïde à travers l'Europe ? J'essayai de ne pas cogiter sur ma peur. Alors que je jetais des regards autour de moi, je vis un homme en dehors de la zone d'attente. Il était entièrement vêtu de noir et il était appuyé contre le mur. Il semblait me regarder, mais je ne pouvais pas voir ses yeux à cause de ses lunettes de soleil noires. La crainte menaça de me faire suffoquer. Je baissai les yeux sur mes genoux et pris quelques grandes respirations. Quand je relevai les yeux, encore une fois, il n'était plus là. *Mais oui. Bien sûr.*

Je réalisai qu'une raison pour laquelle les hommes que j'avais vus se démarquaient de la foule – en plus du fait qu'ils étaient très beaux – était parce que personne ne semblait s'approcher d'eux. L'homme à Chicago, l'homme en bordure de la foule à Paris... cette vision plus récente.

Avaient-ils vraiment été là ?

Peut-être que j'étais victime d'hallucinations. Une visite chez le docteur devrait aider à éclaircir tout ça. Peu importe combien l'idée de la folie était terrifiante, maintenant ils avaient des médicaments pour ce genre de choses. Et ces pilules pourraient mettre fin à mes peurs. J'ouvris mon livre, essayant de repousser ces pensées de mon esprit.

Enfin on appela mon vol.

Je trouvai mon siège je m'y installai, me prélassant dans le confort inaccoutumé de la classe affaires. J'avais l'habitude de prendre des vols en classe économique. Je plaçai soigneusement mon livre de la librairie parisienne dans la pochette du siège devant moi, mis mes écouteurs dans mes oreilles, et attendis le départ. Juste au moment où le personnel de cabine allait fermer la porte, un dernier passager entra dans l'avion.

Alors qu'il longeait l'allée, je reconnus le bel homme de grande taille comme étant l'inconnu qui avait montré de la sollicitude envers moi hier à la cathédrale. D'une certaine manière cela ne m'étonna pas. Il avait été un peu trop facile de quitter l'Italie seule.

Il prit le siège à côté de moi.

- Bonjour, dit-il, se comportant comme s'il était surpris de me voir. Quelle coïncidence de vous rencontrer à nouveau. Je m'appelle M. Amalfi.

J'étais certaine qu'il ne s'agissait pas d'une coïncidence. Mais pourquoi aurait-il réservé un siège sur un vol international juste pour me parler ? Il fallait que je me détende et que je me ressaisisse. C'était un long vol et j'étais coincée à côté de lui.

M. Amalfi me posa des questions au sujet de mon voyage et eut tôt fait de soutirer de moi que j'étais une étudiante. Regardant ma tablette de lecture, il me demanda si j'aimais lire, puis il détourna la conversation vers les librairies. J'avais l'impression qu'il était déjà au courant de ma visite à la librairie à Paris.

Je lui confirmai que j'avais visité des librairies, à la recherche de guides de voyage, et que j'en avais trouvé une où le propriétaire m'avait montré des livres sur les villages de la campagne italienne. Il demanda à voir le texte, alors je sortis le bouquin. Il caressa délicatement la reliure en cuir en me le prenant et le tint d'une manière possessive. Il l'ouvrit, et je remarquai qu'il s'était ouvert au même endroit que lorsque je l'avais lu dans ma chambre d'hôtel. À la page sur la famille Moltadano.

- Je suis un collectionneur de belles œuvres, dit-il. Je serais très intéressé par l'achat de ceci.

Je lui dis que j'avais acheté le bouquin pour en faire cadeau à un ami, et que je n'étais pas disposée à m'en départir. M. Amalfi ne crut pas un mot de mon histoire. Je lus un peu et fis semblant de dormir pour éviter de lui parler. Cela fonctionna jusqu'à ce qu'on apporte le dîner.

Les hôtesses furent très attentives à nos besoins pendant toute la durée du vol. Après tout, M. Amalfi était richement vêtu en plus d'être incroyablement beau. Il avait un genre de beauté éthéré pour un homme. Sa peau était d'une pâleur surnaturelle, et ses yeux avaient une curieuse teinte de brun turbide avec des notes de rouge pailletant ses iris. Quand on nous servit le dîner, il le refusa et dit qu'il avait mangé avec des amis avant de quitter Milan. Il accepta un verre de vin, avec lequel il joua plutôt que de le boire, faisant tournoyer le cristal de manière experte entre ses longs doigts élégants.

Alors que nous bavardions pendant le dîner, je lui demandai ce qui l'avait amené en Italie. Il répondit qu'il avait rendu visite à des amis à Milan.

Je décidai d'essayer une tactique agressive, pour voir s'il était réellement un antiquaire.

- Qu'est-ce qui a fait que vous avez voulu être un marchand d'art ? demandai-je.

- J'ai toujours apprécié la beauté et ressenti le besoin de la conserver. Certaines des choses que j'achète, je les restaure et les place dans les musées ou les bibliothèques publiques, où elles deviennent à nouveau accessibles au monde, dit-il.

- N'avez-vous jamais envisagé une carrière d'acteur ? répliquai-je.

Il parut surpris, puis il secoua la tête en souriant.

- Les gens semblent trouver que je suis beau, mais l'expriment rarement de cette façon. Vous êtes... différente.

Non, je suis sur le point de vous démasquer.

Chapitre 12: Capturée

Le vol passa, et bientôt je vis la terre poindre à l'horizon de l'Atlantique bleuté. Je posai d'autres questions à M. Amalfi, espérant trouver des indices pour appuyer mes soupçons qu'il savait au sujet de Millicent. Je lui posai des questions sur son entreprise, sur l'université qu'il avait fréquentée. J'allai même jusqu'à le questionner sur sa famille.

Mais je ne pus jamais aller au-delà de son extérieur sophistiqué. Il avait une oreille attentive et il était expert pour détourner la conversation vers moi. Je répondis aux questions habituelles, qui portaient sur des anecdotes de mon enfance en banlieue de Chicago et sur mes étés passés avec mes grands-parents dans le Michigan. Il rit à mes histoires mettant en scène mon frère et ma sœur plus jeunes et les bourbiers dans lesquels ils pouvaient se mettre dans les dunes et pendant qu'ils cueillaient des myrtilles. Je trouvais difficile de ne pas aimer un interlocuteur aussi flatteur et aussi attentif à mes propos, mais je restais concentrée sur Millicent portée disparue.

Je remarquai qu'il avait les yeux rivés sur mon bouquin dérobé. Je l'ouvris à nouveau, espérant le faire réagir. Sa seule réaction fut d'arrêter de le contempler.

Arrivés à New York, M. Amalfi et moi descendîmes ensemble de l'avion, puis nous nous dirigeâmes vers le carrousel à bagages et la douane.

Maintenant que j'étais de retour aux États-Unis, je décidai de faire preuve d'audace. Bien que je n'aie que mes soupçons pour continuer, j'étais certaine que cet homme savait quelque chose. Je résolus de prendre sa photo et de l'envoyer à l'un des enquêteurs au bureau de la conseillère municipale où ma mère travaillait. En rentrant chez moi, je leur demanderais de vérifier son identité pour moi. Était-il réellement un antiquaire agréé ? Avait-il une affaire avec le cabinet d'avocats de Millicent ?

Je me penchai pour tripoter mes lacets et essayai de prendre la photo de M. Amalfi avec mon iPhone quand je pensais qu'il ne regardait pas. Il tourna la tête in extremis, cependant, et quelque chose de dangereux étincela derrière ses yeux. Je reculai instinctivement, et quand je le regardai, l'expression menaçante avait disparu.

Le sourire revint sur son visage et il m'offrit galamment de porter mes bagages pour moi. Je n'en avais aucun, ce qu'il trouva visiblement étrange. Je m'en fichais. Je sentais finalement que j'avais quelque chose qui pourrait être un indice dans la disparition de Millicent, mais je ne savais pas quoi faire. Devais-je appeler le partenaire de Millicent, M. Gupta ? Appeler cet enquêteur, Mike ?

Après avoir franchi la douane, nous nous rendîmes à la porte des arrivées. Un homme avec une casquette de chauffeur attendait M. Amalfi avec ses bagages.

- Bienvenue à la maison. Avez-vous fait bon voyage, monsieur ? s'enquit ce dernier.

- Oui, merci, Duane, répondit M. Amalfi. Puis-je vous déposer quelque part ? demanda-t-il en se tournant vers moi.

Il avait un chauffeur. Bien sûr.

- Non, je vais juste prendre le train, répondis-je. Ça va aller.

Je ne voulais pas qu'il sache que j'allais prendre un vol de correspondance.

- Comme vous voudrez, dit-il avec une pointe de regret, puis il passa les portes coulissantes en verre.

Je me réfugiai dans les toilettes, voulant m'assurer qu'il était parti. Je passai quelques minutes à brosser mes cheveux et à rafraîchir mon visage. Finalement je retournai à l'extérieur.

En sortant, je regardai à droite et à gauche dans le long corridor et me sentis soulagée quand je ne vis pas le bel homme en train de m'attendre.

Alors que je retournais dans le terminal, je fus tirée contre la poitrine de quelqu'un, et une main froide couvrit ma bouche. J'essayai de lutter, cherchant à atteindre ses yeux avec mes pouces, mais mes narines étaient pincées et ma bouche était maintenue fermée.

Bientôt tout fut noir, et je ne vis plus rien.

Chapitre 13: Captive

Je me réveillai sur le plancher d'une pièce inconnue, mais d'aspect ordinaire. Il y avait un lit avec un édredon à motifs or et noir, un tapis jaune taché sur le sol, et une commode en bois bon marché avec une grande télévision sur le dessus. C'était comme une chambre dans un hôtel bas de gamme, sauf qu'il n'y avait pas de fenêtres.

J'essayai d'ouvrir la porte. Elle était verrouillée, bien entendu. Je tentai d'appeler à l'aide, hasardant d'abord un « Y a quelqu'un ? » puis en criant « Au secours ! » mais il n'y eut pas de réponse. Je lançai des ruades et frappai dans la porte, mais toujours pas de réponse. Que le silence. Finalement je m'allongeai sur le lit, ramenant mes jambes contre ma poitrine, me demandant comment j'en étais arrivée là. J'étais juste une étudiante qui avait voyagé en Europe. Que s'était-il passé ?

Après quelques heures, le chauffeur de M. Amalfi, Duane, vint à la porte. J'ouvris la bouche pour crier, mais il se précipita à mes côtés à une vitesse surhumaine. Il couvrit ma bouche avec une main et murmura :

- Devrai-je t'étouffer à nouveau, ou garderas-tu le silence ?

Terrifiée, je hochai la tête. Il enleva sa main de sur ma bouche et me tira debout. Comme précédemment, je remarquai que sa main était froide, et qu'il était très fort. Il m'entraîna hors de la chambre et dans le couloir, puis il ouvrit la porte de la sortie de secours. Nous descendîmes deux volées de marches en métal. Parvenus en bas, il ouvrit une porte métallique et regarda à l'extérieur tout en me tenant derrière lui dans une étreinte douloureuse. Quand il sembla satisfait, il me conduisit dans une ruelle où une luxueuse voiture noire aux vitres teintées attendait. Alors que nous en approchions, quelqu'un fit démarrer le moteur.

Duane ouvrit la portière, mit sa main sur le dessus de ma tête pour la baisser, et me poussa sur la banquette arrière.

Une fois à l'intérieur, je tâtonnai pour trouver la ceinture de sécurité, et l'homme dans le siège du conducteur se mit à rire. Je ne dis rien et bouclai la ceinture par automatisme. J'étais terrifiée, persuadée qu'ils m'emmenaient quelque part pour me tuer. Je gardai la tête baissée, mais j'essayai de regarder furtivement par la fenêtre pour savoir où nous allions. Pas de chance, car les vitres étaient tellement foncées que je ne pouvais discerner aucun détail.

À ma grande surprise, nous nous rendîmes à un aéroport et montâmes à bord d'un petit jet privé.

Dans l'avion, Duane me désigna un siège. Je m'assis, et encore une fois je bouclai ma ceinture. Le jet avait l'air d'être bien entretenu puisque les sièges et le plancher étaient propres. Les stores de tous les hublots étaient baissés. J'étais tentée de remonter le mien, mais je ne bougeai pas. Nous étions les seuls passagers à bord, et après quelques minutes l'avion se mit en mouvement. Alors que nous roulions sur la piste, Duane regarda par sa fenêtre, et j'en profitai pour l'étudier. Il était dans la jeune vingtaine, grand et beau. Il n'était pas trop musclé, mais bien proportionné et athlétique. Il n'avait pas enlevé les lunettes de soleil qu'il portait depuis qu'il avait rencontré M. Amalfi à l'aéroport. Une fois que l'avion eut quitté la terre ferme, il lança un regard dans ma direction et je baissai les yeux sur mes genoux.

Je n'avais pas mangé ou bu depuis ce repas sur le vol transatlantique, alors au bout d'une demi-heure je lui dis que j'avais soif.

- Moi aussi, répondit-il avec un sourire entendu.

Un frisson parcourut ma colonne vertébrale, et je glissai plus bas dans mon siège.

Son sourire se fendit d'une oreille à l'autre, mais il se leva et alla à la cuisinette à l'avant de l'avion. Je l'entendis s'affairer, et bientôt il revint avec plusieurs petites bouteilles d'eau et des paquets de cacahuètes.

Je les pris avec gratitude.

- Merci.

Il hocha la tête, sortit un ordinateur portable, et se mit à taper.

Je mangeai les arachides en silence. Comme il était concentré sur son ordinateur, je passai quelques minutes de plus à l'examiner. Je pouvais voir les muscles sous sa chemise bleue confectionnée sur mesure. Son pantalon semblait faire partie d'un costume, et je remarquai une veste de complet pliée sur le dossier d'un des sièges. L'avait-il avec lui quand nous étions montés à bord ? Je frissonnai, me rendant compte que je ne pouvais me rappeler aucun détail de mon transport de la voiture à l'avion.

- Où allons-nous ? finis-je par demander.

Il me regarda mais ne répondit pas.

- Que me voulez-vous ? insistai-je.

Cette fois-ci il ferma l'ordinateur et me dévisagea pendant quelques secondes. Finalement ses lèvres se retroussèrent, et il dit :

- Tu vas le découvrir bien assez vite.

Cette réponse me donna la chair de poule, et je me fis encore plus petite dans mon siège. Je ne posai plus d'autres questions.

Le temps cessa d'avoir une signification pour moi. Je me recroquevillai sur mon siège, fermant les yeux pour essayer de dormir. Après un voyage qui me parut avoir duré toute une journée mais qui n'avait en vérité probablement pas excédé quelques heures, l'avion tourna en rond pour amorcer sa descente. Je montai le store du hublot avec précaution et jetai un coup d'œil par la fenêtre dans une tentative de déterminer où nous étions.

Je ne reconnaissais pas ce paysage. La terre en dessous semblait plate et inhospitalière, mais j'aperçus une étendue de quelques bâtiments en bois. Des ranchs, peut-être ? Je ne pouvais pas dire. Après l'atterrissage, Duane ouvrit la porte et sauta de l'avion. Je le vis rouler un escalier en métal jusqu'au jet. Alors que je me tenais debout dans la porte ouverte, je vis que nous étions à l'autre extrémité d'un petit aéroport, nulle part à proximité de la tour de contrôle ou des hangars. Tandis que je descendais l'escalier métallique pour accéder à la piste d'atterrissage déserte, aucune tentative ne fut faite pour me réduire au silence. Personne n'aurait pu m'entendre crier.

Au pied de l'escalier, Duane me saisit par le poignet et me conduisit à une voiture noire qui attendait sur le tarmac. Lorsqu'il ouvrit la portière, je m'empressai de me glisser à l'intérieur. Je ne voulais pas être poussée encore une fois. Regardant derrière moi, je vis un pilote quitter notre avion et pousser l'escalier de métal dans un conteneur sur le côté de la piste d'atterrissage. Je tremblai en songeant qu'ils devaient faire ça souvent.

J'attachai ma ceinture et me calai sur la banquette. Qui étaient ces hommes ? Ils se déplaçaient avec une vitesse et une force incroyables. Quel secret protégeaient-ils ? Ma conversation avec Amalfi sur l'avion m'avait semblé plutôt innocente. Je n'avais rien appris à son sujet, et je croyais que, malgré mes intentions, mes questions s'apparentaient davantage à celles que poserait un autre voyageur un peu fouineur. Mais je l'avais alarmé, de toute évidence. Ma seule pensée était que Millicent avait découvert quelque chose que quelqu'un ne voulait pas qu'elle sache. Après l'avoir prise, ils avaient commencé à s'intéresser à moi pour la même raison.

Alors que le chauffeur s'engageait sur la route principale, je contemplai le panorama de chaque côté de celle-ci, cherchant des points de repère, mais je ne vis que le paysage aride.

Chapitre 14: La grande maison

Nous quittâmes la nationale et empruntâmes un chemin de terre presque invisible depuis l'autoroute. Après avoir passé une petite colline, la route redevint asphaltée, et nous arrivâmes en vue d'un complexe de bâtiments en parpaing. Ils étaient construits en longueur plutôt qu'en hauteur, comme des entrepôts, mais pour une raison quelconque, ils me rappelèrent des cellules de détention. Je notai avec un frémissement que les fenêtres étaient munies de barreaux. Était-ce là qu'on allait m'emmener ?

Dépassant ces édifices, nous tournâmes dans une zone paysagée. De grands arbres gracieux et des rangées de buissons, tous soigneusement taillés et entretenus, bordaient la route. Je remarquai qu'ils bloquaient la vue des immeubles en parpaing. Puis nous nous engageâmes dans une élégante allée circulaire devant un manoir de trois étages de style colonial en briques rouges.

Nous nous arrêtâmes devant le portique, où quatre colonnes supportaient un pignon. Duane descendit de la voiture et réapparut à ma porte. Il avait bougé trop vite pour que je le voie se déplacer. Il me tira rudement hors du véhicule par le poignet, et je poussai un petit cri. Il relâcha sa prise mais me poussa devant lui en haut des marches du perron et jusqu'à la porte d'entrée.

Nous pénétrâmes dans un vestibule faiblement éclairé. Une femme vêtue d'un uniforme de soubrette bleu était sur ses mains et ses genoux, en train de frotter le plancher de marbre avec une brosse à récurer. Elle ne leva pas les yeux de sa besogne.

Duane me retint par l'épaule avec une poigne de fer, ce qui faillit broyer mon omoplate. Je poussai un halètement de douleur. Il desserra son emprise et vint se mettre à côté de moi, me guidant en haut d'un large escalier qui se séparait à un palier intermédiaire. À cet endroit, les escaliers se ramifiaient à droite et à gauche sous un vitrail coloré à double pente. Il nous fit tourner à gauche, et nous longeâmes un couloir, passant devant plusieurs portes.

Il frappa à une porte fermée, puis attendit quelques secondes avant de l'ouvrir et de me pousser à l'intérieur d'une grande pièce. Il régnait un silence de mort dans celle-ci, et il fallut quelques secondes pour que mes yeux s'adaptent à la pénombre. Je scrutai nerveusement les lieux. Même dans l'obscurité, je pouvais dire que nous étions dans un élégant bureau. En face de la porte, il y avait une cheminée et un petit canapé en cuir avec quelques chaises disposées à côté de ce dernier. Un homme était assis derrière le grand secrétaire antique qui dominait la pièce. Me poussant dans l'une des chaises à côté de l'âtre, Duane se dirigea vers l'homme assis derrière le secrétaire.

Ils échangèrent discrètement quelques mots, et pendant qu'ils parlaient, la porte s'ouvrit et un homme en blouse blanche portant une trousse médicale noire entra dans la pièce. Je me sentis soulagée. Si c'était un médecin, peut-être qu'il allait m'aider.

Mon soulagement fut de courte durée. Le nouveau venu me regarda, puis il regarda l'homme assis derrière le bureau.

- Même chose que d'habitude, ensuite mettez-la en quarantaine avant de l'envoyer aux baraquements. Elle est nouvelle, fut tout ce que dit l'homme assis.

Le docteur acquiesça et tira l'une des chaises en cuir à côté de la mienne, puis il s'assit près de moi, allumant une lumière sur la table de chevet à côté de ma chaise. Elle était très brillante, mais l'abat-jour empêchait qu'elle ne m'éblouisse.

Tirant mon bras sur la table, il l'examina, le tapotant jusqu'à ce qu'il trouve une veine. Alors qu'il se penchait plus près, je fus frappée par l'odeur viciée d'alcool de son haleine. Mon cœur se serra.

Semblant satisfait, il se redressa, fouilla dans sa trousse, et en sortit un petit tube de caoutchouc. Il me prit le bras pour attacher un garrot, mais je le tirai brusquement vers l'arrière.

- Que faites-vous ? demandai-je.

Duane fut instantanément devant nous. Il s'empara de mon bras, le remit sur la table, et le tint en place d'une poigne qui allait laisser des ecchymoses.

Je grimaçai de douleur, et le docteur lança un regard à Duane.

- Vous pouvez la lâcher. Elle ne bougera plus, n'est-ce pas ? questionna-t-il d'une voix empâtée en me regardant.

Je hochai la tête, trop effrayée pour parler, et mon bras fut libéré.

- Je vais vous prélever un peu de sang avant de vous mettre en quarantaine, me dit-il. C'est une procédure standard ici. Aucune raison de s'inquiéter.

Je savais que j'avais beaucoup de raisons de m'inquiéter.

Chapitre 15: Quarantaine

Le docteur préleva deux grands tubes de sang et ensuite il desserra le garrot. Il frotta le sang de mon bras méticuleusement avec un tampon imbibé d'alcool avant de recouvrir la plaie avec un sparadrap.

- Pressez-le fermement, me conseilla-t-il, et jetez le pansement dans les toilettes après trente minutes.

J'acquiesçai, puis il rangea ses accessoires dans son sac. À ma grande surprise, il déposa un des tubes sur le bureau avant de mettre l'autre dans sa trousse noire.

Après son départ, Duane me fit lever de la chaise. Alors qu'il m'entraînait hors de la pièce, je vis l'autre homme ramasser le tube et en retirer le bouchon. La lourde porte se ferma résolument derrière nous.

Me ramenant en bas de l'escalier, Duane tourna dans un couloir au pied de celui-ci. Contrairement au grand hall d'entrée et à l'escalier central, ce passage avait davantage l'air d'un corridor de service, un tunnel de béton sans aucune décoration, peint en vert froid et industriel. Un peu plus loin dans ce couloir, il ouvrit une porte et me poussa dans une chambre.

KATY MANN

- On se revoit dans quelques jours, dit-il avec un sourire redoutable en fermant la porte. Je ne fus pas étonnée d'entendre le bruit d'une clé tourner dans la serrure.

Soulagée qu'il soit parti, je m'appuyai contre la porte et jetai un coup d'œil à la ronde. La chambre était stérile, comme une chambre d'hôpital. Il n'y avait pas de rideaux aux fenêtres, qui étaient en verre dépoli laissant entrer un peu de la lumière du jour sans permettre une vue sur l'extérieur. À proximité se trouvait une chaise bancale en plastique. Je terminai mon examen de la chambre et m'y assis. Je me sentais chancelante, et je ne savais pas si c'était à cause de la peur ou de la perte de sang. Il y avait un lit en métal contre un mur, sous l'une des fenêtres. Je fus horrifiée de voir que les côtés du lit avaient des entraves pour les poignets attachées là de façon permanente. Après quelques minutes, je me levai pour l'inspecter de plus près. Le lit avait une couverture bleue à motif gaufré qui avait l'air d'avoir été lavée et javellisée à plusieurs reprises, tendue sur des draps blancs rugueux. Un mince oreiller dans une taie usée mais propre reposait à la tête du lit.

La salle de bain attenante n'avait pas de porte. Je jetai mon sparadrap dans les toilettes et tirai la chasse d'eau comme le docteur m'avait dit de le faire. En plus de la cuvette des toilettes, la pièce était dotée d'un lavabo blanc avec des tuyaux en métal visibles sous celui-ci, d'un petit miroir, et d'une cabine de douche. Il

82

n'y avait pas de rideaux de douche, et la tringle avait été enlevée.

Au moins j'étais seule.

Quelques heures plus tard, la porte s'ouvrit, et une femme d'âge moyen dans un uniforme de servante entra avec un plateau de nourriture. Elle le déposa au pied du lit sans lever les yeux.

Je vis un nom brodé sur son uniforme.

- Merci Betty, dis-je doucement.

Elle opina et quitta la pièce sans même avoir croisé mon regard.

Chapitre 16: Fin de la quarantaine

D'après le nombre de repas, j'estimai que trois jours s'étaient écoulés. J'essayai tant bien que mal de dormir, mais mon sommeil était troublé par des cauchemars sur tout ce qui s'était passé depuis ce jour de juin à Chicago. Mes pensées quand j'étais réveillée se résumaient au même défilé incessant – le mystérieux inconnu, le libraire parisien, le marchand d'art de l'avion – le tout conduisant à mon enlèvement.

Je m'habituai à la présence silencieuse de Betty. Elle ne parlait jamais. Elle apportait un nouveau plateau et repartait avec l'ancien, ne rencontrant jamais mes yeux. Malgré tout, ses apparitions quotidiennes me rassuraient. La nourriture était composée de sandwiches, de 'baby' carottes, et d'une sorte de dessert enveloppé pour le déjeuner et le dîner, et pour le petit déjeuner j'avais droit à des céréales avec du lait et un fruit. Même si la nourriture n'était pas appétissante, je la mangeais. J'avais besoin de la vigueur qu'elle me procurait.

Finalement, le moment que je redoutais arriva. Duane ouvrit la porte. Lorsque je l'aperçus, je me déplaçai inconsciemment loin de lui. Il sourit comme s'il se réjouissait de ma réaction.

- Il est temps de partir, dit-il.

Je me levai rapidement, ne voulant pas lui donner l'occasion d'endommager davantage mon poignet meurtri. Jetant un regard autour de moi, je me rendis compte que j'étais réticente à quitter la pièce. Ça avait été une prison, mais je ne savais pas ce qui m'attendait en sortant d'ici.

Il fit un pas en dehors et me fit signe impatiemment, aussi allai-je le rejoindre. Alors que nous marchions dans le corridor de béton vert, je vis une silhouette familière. Un homme de grande taille avec des cheveux bruns lui allant aux épaules était appuyé contre le mur. Il ne portait pas de manteau ou de chapeau, mais j'étais certaine qu'il s'agissait de l'homme de Chicago. Il avait la même posture assurée – dos contre le mur, un genou relevé, les bras croisés sur sa poitrine.

L'inconnu devait avoir dit quelque chose d'une voix trop basse pour que je l'entende car Duane siffla et me ramena brutalement derrière lui, s'accroupissant très bas devant moi, les bras tendus de chaque côté.

- Duane, dit l'homme de Chicago sur un ton de mise en garde.

L'inconnu s'empressa de bouger son propre corps pour imiter la position de Duane, et ils se tournèrent autour jusqu'à ce que, dans un mouvement trop rapide pour mon œil, Duane soit laissé étendu sur son dos sur le plancher, hurlant avec un son inhumain en regardant ce qui restait de son bras gauche.

Son avant-bras, sa main toujours attachée à celui-ci, gisait sur le sol devant lui.

J'étais stupéfaite de ne pas voir de sang couler de son bras, seulement une substance blanche qui moussait un peu en dégoulinant de l'extrémité de son moignon.

Pas de sang ? Où était le sang ?

Je reculai en chancelant, tâtonnant pour trouver le mur derrière moi. Mes jambes étaient incapables de supporter mon poids. Je glissai, à bout de souffle, dominée par la terreur.

L'inconnu fut immédiatement debout devant moi, me regardant avec une expression hostile. En levant les yeux, je vis que les siens étaient rouge vif.

Le voilà le sang, songeai-je avant que tout ne devienne noir.

Chapitre 17: L'inconnu

Je ne sais pas combien de temps je restai inconsciente, mais je me sentais encore chancelante quand je revins à moi. Tapotant autour de moi avec mes mains tandis que mes yeux étaient encore fermés, je réalisai que j'étais allongée sur un lit. Je sentis l'odeur révélatrice de l'alcool éventé, aussi ne fus-je pas surprise lorsque j'ouvris les yeux et que je vis le docteur penché sur moi.

Il se redressa quand je me tournai vers lui. Rangeant son stéthoscope, il dit à quelqu'un que je ne pouvais pas voir :

- Elle va bien. Elle est juste en état de choc.

Jetant un coup d'œil à la ronde, je vis que j'étais de nouveau dans la chambre que je venais de quitter. Le même homme que j'avais vu assis derrière le bureau le premier jour était maintenant appuyé contre la porte. Alors que je me redressais, je sentis une main puissante et froide sur mon épaule.

- Attendez un moment, dit une voix.

Elle était calme mais autoritaire comme celle de M. Amalfi, le marchand d'art.

Levant les yeux, je vis l'inconnu de Chicago. C'était lui sans l'ombre d'un doute. Je reconnaissais ses traits forts et bien dessinés et ses cheveux bruns qui lui arrivaient aux épaules. Il soutint mon regard avec le sien sans ciller. Mes yeux étaient rivés sur ses iris rouges. Est-ce que les yeux rouges comme les siens étaient dissimulés par les lunettes de soleil que j'avais vues chez les autres inconnus ? Il regarda le docteur, qui se contenta de hocher la tête.

- Sera-t-elle en mesure de voyager ? demanda-t-il.
- Oui, M. Samuels, répondit le docteur. Elle ira bien. Assurez-vous cependant qu'elle boive beaucoup.

M. Samuels m'aida à me mettre debout et remarqua ma grimace alors que je tendais mon bras. Il remonta ma manche et se mit à examiner l'une des ecchymoses que Duane avait laissées sur mon bras. Ses yeux se braquèrent sur le docteur.

- Ce n'est pas moi qui ai fait ça, dit le docteur, paraissant choisir ses mots avec précaution.
- Duane, siffla M. Samuel.
- C'est possible. Vous devez contrôler votre force avec ces filles, répliqua le docteur.

M. Samuels acquiesça et mit son bras autour de mon dos, semblant jauger si j'étais capable ou non de tenir debout sans aide.

- Pouvez-vous marcher, ou ai-je besoin de vous porter ? me demanda-t-il.

Je ne voulais pas qu'il me touche, alors je luttai pour rester sur mes pieds, prenant la tête du lit comme support.

Après m'avoir observée pendant un moment, il dit, m'indiquant la porte :

- Très bien alors, allons-y.

Compte tenu de ce que je venais de le voir faire à Duane quelques minutes plus tôt, j'obéis. Je me rendis à la porte et il suivit, touchant mon épaule légèrement pour me guider.

Alors que nous quittions la pièce, je vis l'autre homme me regarder pensivement en caressant son menton. Il avait l'air déçu. Tandis que la porte se fermait, je le vis examiner des papiers qu'il tenait dans sa main. Levant les yeux, il surprit mon regard. Un froncement de sourcils traversa son visage, et sa bouche se tordit en un rictus.

À cet instant précis, on aurait dit qu'il n'était pas complètement humain.

Longeant le couloir familier avec M. Samuels, je ne vis aucun signe de Duane. Il y avait une flaque blanchâtre qui paraissait avoir souillé et partiellement brûlé le plancher à l'endroit où les deux hommes s'étaient battus. Je contournai la tache avec précaution, ce qui amusa mon escorte, et il m'adressa un sourire crispé qui disparut rapidement.

Nous retournâmes dans le hall en silence.

En approchant, je vis une silhouette familière debout près de la porte d'entrée, tête baissée. Sur le sol à côté d'elle se trouvaient un seau et une serpillère. Je me souvins que quelqu'un était en train de laver le plancher le jour où j'avais pénétré pour la première fois dans la maison avec Duane. C'était probablement elle.

- Au revoir, Betty, et merci, lui dis-je doucement.

Chapitre 18: L'homme mystérieux

J'entendis M. Samuels émettre un grondement sourd après que j'aie parlé à Betty. Effarouchée, je gardai la tête baissée et attendis qu'il me dise quoi faire. Il me conduisit dans la lumière du soleil. Je m'arrêtai sur le porche, clignant des yeux et attendant que ceux-ci s'ajustent après avoir passé trois jours à l'intérieur. Une Audi noire aux vitres teintées attendait dans l'allée. Ouvrant la portière arrière, M. Samuels me fit signe de monter. Un homme imposant avec des cheveux noirs assis dans le siège du conducteur me regarda dans le rétroviseur. Ses yeux étaient rouge vif eux aussi. Ils rétrécirent quand il me surprit à le regarder, et je me concentrai sur la tâche d'attacher ma ceinture de sécurité sans plus lui adresser un autre regard. M. Samuels s'installa en avant sur le siège passager.

La voiture se mit en mouvement dès qu'il eut fermé sa portière. Nous étions sur la même route que celle empruntée quelques jours auparavant. Je regardai par la fenêtre alors que nous longions l'allée paysagée et passions devant les bâtiments gris en parpaing, et je me demandai une fois de plus ce qui était gardé dans les bunkers. Sur l'autoroute, les deux hommes assis à l'avant parlèrent à voix trop basse pour que j'arrive à les comprendre. Le trajet de retour à l'aéroport fut rapide. Le chauffeur se gara directement sur la piste, sous l'aile d'un avion privé. M. Samuels ne se donna pas la peine de déplacer un escalier métallique – il me prit simplement avec un bras et bondit en l'air jusqu'à la porte ouverte de l'avion. Je haletai de surprise au mouvement brusque, la porte de l'avion étant à au moins cinq mètres du sol. Regardant autour, je me rendis compte que son saut avait été caché à la vue de la tour de contrôle et des hangars par le fuselage de l'avion. Ils utilisaient probablement seulement l'escalier quand ils pensaient que quelqu'un pouvait être en train de regarder.

L'intérieur de l'avion était opulent. Il y avait des fauteuils en cuir de couleur crème disposés en plan conversationnel plutôt qu'en rangées. M. Samuels me porta à un siège et m'y déposa. À ma grande surprise, j'agrippais toujours sa chemise après le saut terrifiant. Je la relâchai, horrifiée de réaliser que j'étais cramponnée à lui, et il m'adressa un petit sourire narquois.

Qu'était-il ? Soit j'étais complètement cinglée, soit il était une sorte d'être non-humain. Les deux possibilités étaient effrayantes. Étais-je prise à l'intérieur d'un monde d'hallucinations paranoïdes ? Cet homme avait arraché le bras de Duane après s'être mu plus vite que mon œil pouvait le percevoir, et il venait juste de sauter sans effort du tarmac dans un avion tout en me portant. Qui plus est, il avait ces yeux rouges insolites.

Je songeai à la prise de sang du docteur, et mon esprit retourna au libraire à Paris qui avait tenté de cacher le livre au sujet des vampires. S'ils étaient des vampires, qu'allait-il m'arriver ?

La folie semblait une meilleure alternative. Peut-être qu'il y avait des médicaments pour mon état.

Je fus ramenée de force à cette réalité, aussi surréelle fût-elle, quand je vis que le deuxième homme avait sauté dans l'avion et qu'il était en train de fermer la porte. Après l'avoir scellée, il entra dans le cockpit. M. Samuels se rendit à la porte du cockpit et ils échangèrent quelques mots, puis il ferma la porte et revint s'asseoir en face de moi.

Il me dévisagea pendant un moment avant de se lever pour prendre une mallette dans un compartiment au-dessus de nos têtes. Tirant une tablette dissimulée sur le côté du siège, il ouvrit un ordinateur portable et se mit à taper sans plus me prêter attention pendant le reste du vol de courte durée.

Alors que nous commencions à descendre, je regardai par le hublot pour avoir une idée de l'endroit où nous étions. Nous avions survolé plusieurs petites villes ; entre les villes il y avait des plaines entrecoupées d'affleurements rocheux le long d'une rivière.

Bientôt nous atterrîmes sur la courte piste d'un aéroport rural. Des hangars gris avec des numéros sur les toits bordaient l'une des extrémités de la piste, et une forêt bordait les trois autres côtés. Une fois sur la terre ferme, nous allâmes à la rencontre d'une brunette filiforme qui attendait à côté d'un SUV noir.

Personne ne m'avait adressé la parole depuis que nous avions quitté le manoir au milieu de nulle part. Après être montée dans la voiture, je m'endormis malgré ma peur, bercée par le doux mouvement du véhicule.

Je me réveillai pour trouver M. Samuels en train de me porter, mes jambes drapées sur ses bras durs comme le marbre. Je tressaillis et commençai à lutter. Des yeux rouges me fixèrent, et je me figeai. Ma réaction le fit sourire et il me déposa sur le lit dans une grande chambre. Je m'écartai de lui et il m'observa, amusé.

- La salle de bain est par là, dit-il, pointant un doigt à ma gauche. Dormez un peu.

Il fit une pause sur le seuil, sa mince silhouette découpée dans la lumière du couloir.

- Où sommes-nous ? m'enquis-je d'une voix que j'aurais souhaité être plus forte.

- À la maison, dit-il simplement avant de fermer la porte.

Je fus surprise de ne pas entendre de clé tourner dans la serrure.

Une fois que mes yeux se furent habitués à la pénombre, j'examinai la chambre, en commençant par les fenêtres à côté du lit. Elles n'étaient pas verrouillées, toutefois les châssis étaient très lourds. Regardant à l'extérieur, je constatai que j'étais au deuxième étage d'une grande résidence. Une vaste cour s'étendait en cercle autour de l'arrière de la demeure, bordée par une forêt. Je ne pouvais pas voir d'autres maisons, mais elles devaient être bloquées à ma vue par les arbres. La porte s'ouvrit derrière moi, et en me retournant je vis M. Samuels dans l'embrasure.

- Dois-je clouer ces fenêtres ? questionna-t-il.

- J'avais juste besoin d'un peu d'air, c'est tout, répliquai-je en m'éloignant de la fenêtre.

Ma réponse parut le satisfaire, car il ferma la porte.

Chapitre 19: Premier matin

Je me mis au lit quand la porte se referma, enlevant seulement mes chaussures avant de me glisser sous les couvertures. Il y avait plein de formes obscures autour du lit, avec des ombres encore plus sombres derrière elles. Je savais que c'était le mobilier, mais l'effet donnait le frisson.

À peine avais-je fermé l'œil que je fus réveillée par la lumière du soleil entrant par la fenêtre.

Ma bouche était sèche et avait un goût désagréable. Il y avait une bouteille d'eau sur la table de chevet. Elle n'était pas là la veille. Je la bus en restant dans le lit.

Dans la lumière du matin, la chambre paraissait tout à fait normale. Le lit à baldaquin en noyer était massif, recouvert d'un épais couvre-lit blanc avec des motifs traditionnels texturés, et il y avait plusieurs courtepointes entre celui-ci et les draps de coton blanc. Une commode et une armoire assorties complétaient l'ensemble. Ces meubles avaient l'air antiques. Il y avait un petit meuble lavabo avec un dessus en marbre sur lequel se trouvaient un grand pichet et un bol, et une barre métallique supportant une serviette sur le côté inférieur droit. J'avais vu ce genre de mobilier dans les vieilles demeures de mes aïeux dans le Michigan. Des tapis ovales tressés étaient disposés devant chaque pièce de mobilier, comme dans la maison de mon arrière grand-mère. Je me levai et me rendis à la salle de bain. Un peignoir blanc en tissu éponge était suspendu à un crochet en bois derrière la porte, alors j'enlevai mes vêtements et l'enfilai. Me sentant vulnérable, j'attendis un moment, mais personne n'entra dans la chambre, et je commençai à me sentir plus audacieuse. J'ouvris le robinet de la douche et fis une autre pause, l'oreille tendue, puis j'entrai dans la cabine.

Me tenant sous le pommeau, j'écoutai attentivement pour entendre le bruit de la porte qui s'ouvrait, mais je finis par me détendre et laissai les jets d'eau chaude dénouer les muscles tendus de mon dos. Je me frottai consciencieusement, utilisant le pain de savon blanc sur le support, et finalement je fermai l'eau.

Je m'enveloppai dans une serviette en sortant de la douche et fus surprise de constater à quel point ces gestes quotidiens tout simples me faisaient me sentir plus forte. J'étais en train d'ouvrir les tiroirs de la vanité, cherchant une brosse à cheveux, lorsque j'entendis la porte s'ouvrir derrière moi.

J'aperçus le reflet de M. Samuels dans le miroir et je me figeai. S'il était vraiment un vampire, comment pouvais-je le voir dans la glace ? Il y avait de toute évidence beaucoup de choses que je ne savais pas au sujet de ce monde étrange dans lequel j'étais prise au piège.

Il entra, regardant ma réflexion d'un air appréciatif par-dessus mon épaule alors que je serrais la serviette plus étroitement sur moi tout en tendant la main pour saisir le peignoir. Ses yeux s'arrêtèrent sur l'ecchymose sur mon épaule, là où Duane m'avait attrapée, et il fit un geste de la main pour m'empêcher de prendre le peignoir.

Il était beaucoup plus grand que moi. Je restai immobile tandis qu'il venait se mettre directement derrière moi. Il semblait faire une évaluation des bleus sur mon corps, de mon épaule jusqu'à celui à peine visible sur ma jambe, que je m'étais fait quand j'étais tombée dans la fontaine à Milan.

J'entendis un bruit léger à ma gauche et remarquai que la femme de la veille s'était faufilée dans la pièce elle aussi. Ce matin ses cheveux étaient coiffés en une simple natte, et elle portait une robe imprimée bleue ceinturée à la taille.

- Y a-t-il des ecchymoses que je ne peux pas voir sous cette serviette ? demanda-t-il après un moment tendu.

Je serrai la serviette plus fort et secouai la tête.

Il prit mon poignet meurtri dans une main et le tourna avec précaution. Ses mains, bien que froides, étaient douces.

- Peux-tu aller lui chercher de la glace pour ça ? dit-il à la femme.

Elle dit oui et disparut.

Ayant terminé son inspection de ma personne, M. Samuels tendit la main pour toucher mes cheveux mouillés. Je me dérobai à sa main et baissai les yeux sur le lavabo, le saisissant fermement.

Le silence emplit la pièce. Je sentais que la peur allait faire éclater mon cœur. Qu'allait-il faire pour vouloir que la femme sorte de la pièce ?

Finalement, il dit :

- Lillian a laissé des vêtements sur le lit. Venez en bas pour manger quand vous serez habillée.

Il quitta la salle de bain, fermant la porte derrière lui. Quand il fut parti, j'essayai de reprendre mon souffle et me rendis compte que je tremblais. Après un moment, quand mes mains furent plus stables, je cherchai un sèche-cheveux. Je n'en vis pas, aussi me contentai-je de peigner mes cheveux après les avoir essorés avec la serviette.

De retour dans la chambre, je trouvai un short kaki et un haut blanc à manches courtes sur le lit. Je m'habillai, pris une grande respiration, allai à la porte et sortis dans le couloir. Je me trouvais au deuxième étage d'une grande maison joliment meublée, avec des planchers de bois franc et des photos encadrées de scènes de la faune sur les murs. Elle paraissait tout à fait conventionnelle, comme un pavillon de chasse luxueux, pas un endroit où les gens étaient retenus prisonniers.

Je restai immobile, à l'affût du moindre bruit.

La maison était silencieuse comme une tombe.

Chapitre 20: Ma nourriture

Je m'aventurai en bas, et avant que j'aie atteint le rez-de-chaussée, Lillian apparut au pied de l'escalier. Elle ne dit rien, se contentant de m'attendre, puis elle me guida vers l'arrière de la maison.

En chemin, nous passâmes plusieurs portes fermées et une porte plus large qui menait au salon. Celui-ci avait des meubles traditionnels en cuir dans des tons masculins, des murs lambrissés et des planchers de bois franc. Une grande cheminée ornée d'une tête de cerf encadrée sur le manteau dominait la pièce, et quelque part une horloge faisait tic-tac, le seul bruit que j'entendais à part celui de mes propres pas. Passant le salon, le son des engrenages en mouvement se fit entendre, et l'horloge carillonna.

Nous entrâmes dans la cuisine au moment où le carillon retentissait pour la cinquième fois. Regardant autour de moi, je notai le plancher en carrelage, un panneau perforé sur un mur, auquel était suspendue une batterie de cuisine, et des comptoirs en bois sous les armoires. La cuisine était aménagée de manière traditionnelle, construite bien avant que les îlots centraux ne soient une chose courante.

Lillian sembla se détendre dans cette pièce.

- Qu'aimeriez-vous avoir pour le petit déjeuner ? demanda-t-elle d'une voix basse et mélodieuse.

Elle parlait avec un léger accent que je n'arrivais pas tout à fait à replacer. On aurait dit un accent rural. Bien que je n'aie pas beaucoup voyagé, j'avais des cousins de Virginie et du Mississippi. La douce cadence de sa voix semblait similaire.

- Je peux me préparer quelque chose. Je ne veux pas que vous vous donniez du mal pour moi, répondis-je.

Elle indiqua le réfrigérateur en acier inoxydable, et je l'ouvris.

- Rempli avec à peu près tout ce que je peux me rappeler que vous autres mangez, dit-elle derrière moi.

Je me figeai en l'entendant dire « vous autres, » mais j'eus vite fait de me ressaisir assez pour fouiller à l'intérieur.

Le réfrigérateur était d'une propreté impeccable, comme s'il n'avait jamais été utilisé. Les doubles portes contenaient une variété de bouteilles qui n'avaient pas encore été ouvertes. Le bac à légumes contenait des sacs de légumes et de fruits, et il y avait aussi des paquets de viande et de fromages. Je trouvai du jus de fruit, des œufs et du pain, que je sortis. Lillian ne dit rien, alors je pris une casserole du panneau perforé et la remplis avec de l'eau pour faire bouillir les œufs.

Elle semblait contente de simplement me regarder, appuyée au comptoir.

- Vous autres ? demandai-je finalement.

- Les humains, déclara-t-elle sans ambages.

Si j'avais tenu quelque chose dans la main, je l'aurais laissé tomber. C'est une chose d'avoir des hypothèses, mais c'en est une autre de les voir confirmer par quelqu'un. Je pris une seconde pour récupérer, puis je me rappelai qu'il fallait que je mange si je voulais penser clairement. Après ça je pourrais trouver où j'étais, et comment m'échapper.

J'ouvris les tiroirs, à la recherche d'un couteau à beurre, et je sentis la main de Lillian sur le revers de la mienne. Elle était froide, tout comme celles de Duane et de M. Samuels. Je la regardai, surprise.

- Que cherchez-vous ? demanda-t-elle d'une voix lente et traînante, pas tout à fait du Sud, mais pas loin.

- Un couteau pour beurrer mes tartines, répondis-je.

- Je vais m'en occuper, dit-elle, sortant un couteau qu'elle déposa sur le comptoir.

Je me contentai de hocher la tête et restai à côté de l'évier en attendant que l'eau bouille. Elle alla à la fenêtre, soulevant le rideau, et pendant qu'elle regardait dans la cour, j'en profitai pour examiner soigneusement la pièce. Les cuisines avaient des armes ou des choses qui pouvaient être utilisées comme des armes. Je fis mentalement la liste des possibilités – couteaux, eau bouillante, même des objets lourds. Comme le reste de la maison, la cuisine avait une atmosphère rustique en dépit des électroménagers flambant neufs. Les armoires étaient en bois avec des portes en vitre montrant leur contenu. Le grand panneau supportait un assortiment de casseroles, de marmites et de poêles. Contrairement au reste de la cuisine, celles-ci n'avaient pas l'air neuves. Elles étaient en fonte, les vestiges d'une autre époque.

Lillian laissa retomber le rideau et s'appuya contre le mur en silence, regardant ses ongles. Une fois que la nourriture fut prête, je trouvai une assiette et m'assis pour manger.

Une ombre tomba sur la table, et M. Samuels apparut dans la cuisine. Je ne l'avais pas entendu entrer.

- Désirez-vous quelque chose à manger ? m'enquis-je, bien que ni lui ni Lillian n'ait manifesté quelque intérêt que ce soit pour la nourriture que je venais de préparer.

Il me regarda et répondit :

- Je ne pense pas que vous et moi allons dîner ensemble.

Chapitre 21: Viande rouge

Il fallait que je mange – j'avais besoin de rester forte pour tenter de m'enfuir ou de trouver un moyen d'appeler à l'aide. Pendant que je mangeais, la pièce était tellement silencieuse que j'avais l'impression que le bruit que je faisais en prenant des bouchées de ma tartine allait faire bringuebaler les casseroles accrochées au panneau mural. Quand j'eus terminé, je poussai ma chaise sans regarder mes compagnons restés muets.

Je lavai ma vaisselle et suspendis le torchon sur le support. M. Samuels et Lillian étaient demeurés à la table pendant que je mangeais, mais lorsque je me retournai après le lavage de la vaisselle, je constatai que M. Samuels avait quitté la pièce aussi silencieusement qu'il y était entré.

Lillian se tourna vers moi et dit :

- Il y a des livres dans la bibliothèque. Vous pourrez sans doute trouver quelque chose à lire.

- Merci, répondis-je.

J'allais peut-être trouver une alliée en la personne de Lillian.

La bibliothèque était la seconde pièce derrière l'une des portes fermées en sortant de la cuisine. Elle était bordée jusqu'au plafond d'étagères intégrées. Celles-ci contenaient une gamme de bouquins, allant du livre de poche à des œuvres plus anciennes reliées en cuir.

Un canapé et des chaises étaient disposés devant une grande cheminée avec un manteau fait en pierres fixées par du mortier blanc. En plus des lampes sur pied avec des abat-jours ornés de perles, des bougeoirs dans des tons de beige décoraient les murs. Le plancher en pin était recouvert d'anciens tapis tressés, comme dans la chambre à l'étage. Les tapis avaient l'air d'avoir été fabriqués à la main et me rappelaient ceux que j'avais vus dans un marché Amish. Des tapis de chiffon, me souvins-je.

Tandis que je parcourais les rayons, Lillian s'assit sur le sofa et sortit des vêtements d'un panier sur le sol. Elle travailla en silence, reprisant des chemises et raccommodant des chaussettes pendant que je cherchais de la lecture. Je trouvai quelques bouquins qui paraissaient intéressants et lui fis signe quand j'eus terminé. Elle rangea son panier de reprisage dans un coffre à côté du canapé, et nous retournâmes à ma chambre.

Une fois que je fus à l'intérieur, elle fit demi-tour et redescendit au rez-de-chaussée en silence. Je m'installai dans la chaise pour lire, mais je constatai que la seule activité qui avait toujours été un moyen pour moi de m'évader du monde réel ne suffisait pas à me distraire de la terreur latente de ma situation. Je me levai et allai à la fenêtre. Je notai une fois de plus que nous étions dans une région rurale avec une forêt bordant la propriété. J'eus du mal à trouver un détail qui aurait pu me donner un indice de l'endroit où cette maison était située. Les arbres étaient des feuillus, mais je n'avais jamais été bonne dans l'identification de ceux-ci. J'essayai de me rappeler la différence entre les érables, les chênes et les ormes, mais tout ce dont j'arrivais à me souvenir, c'est que dans les trois cas il s'agissait de grands arbres qui perdaient leurs feuilles en hiver. Peut-être que je pourrais trouver un livre sur les arbres dans cette bibliothèque en bas.

La cour était bien entretenue. Elle couvrait une zone étendue et n'était pas clôturée. Je pouvais voir qu'il y avait une véranda à gauche sous ma fenêtre, et je présumai que ma chambre était au-dessus de la cuisine. Je ne voyais aucune route ni aucune autre maison – seulement des promontoires couverts d'arbres au loin.

Le matin céda rapidement sa place au midi. Lillian revint et frappa à ma porte à l'heure du déjeuner, me ramenant au rez-de-chaussée.

Le déjeuner fut un repas tranquille, et j'étais contente que cette fois-ci M. Samuels ne se joigne pas à nous.

J'étais en train de nettoyer après m'être fait un sandwich au fromage grillé quand Lillian me questionna au sujet du dîner. Je lui dis que je me préparais

KATY MANN

généralement une omelette ou de la frittata pour le repas du soir.

- J'ai du bon rosbif pour faire des sandwiches, ou de la dinde, commenta-t-elle. Vous êtes sûre que vous n'aimeriez pas un sandwich chaud au rôti de bœuf ?

Bien que j'appréciais le fait qu'elle se soucie de mon alimentation, je répondis :

- Je suis végétarienne. Je ne mange pas de viande.

Elle me lança un regard étrange, mais hocha la tête et me reconduisit à ma chambre.

Ce soir-là, Lillian sortit un steak du réfrigérateur et l'apporta sur le poêle. Alors qu'elle allumait le gril, je décidai de lui rappeler mon régime alimentaire.

- Ça semble délicieux, mais je suis végétarienne, lui dis-je en allant au frigo pour prendre quelque chose d'autre.

Je me retournai et vis que M. Samuels était entré dans la pièce derrière moi.

- Vous allez manger de la viande rouge, dit-il posément.

- Merci, mais non, c'est contre mes principes en tant que végétarienne, répliquai-je, effrayée mais résolue à ne pas céder.

- Ces principes dont vous parlez ne sont pas un luxe que je vais permettre. Vous avez besoin du fer, alors vous allez manger ce steak.

Lillian mit le morceau de viande sur le feu pendant que nous parlions lui et moi. Alors que je le regardais, je sentis ma résistance commencer à vaciller. Finalement je m'assis à la table. Il ne me permit jamais de rompre le

110

contact visuel. J'étais prisonnière de son regard. Je ne pouvais pas détourner les yeux.

- Le dîner est prêt, dit Lillian en enlevant le steak de la source de chaleur et en le mettant dans une assiette devant moi.

Quand son bras passa brièvement devant mon visage, je fus en mesure de me détacher du regard perçant de M. Samuels. Je baissai les yeux sur mon assiette et la repoussai.

- Vous avez faim, n'est-ce pas ? dit-il brusquement.

Contre mon gré, je levai les yeux vers lui, et il captura mon regard. Incapable de briser le contact, je regardai fixement dans ses yeux rouges. J'avais faim. Très faim, et j'étais prête à manger n'importe quoi.

Il coupa la viande avec un couteau à steak et la poussa dans l'assiette.

- Mangez-le, ordonna-t-il.

Un morceau à la fois, je mis lentement le steak dans ma bouche, mastiquai, et avalai. Il m'avait hypnotisée, et je ne pouvais pas échapper à son emprise.

Finalement, le steak fut complètement consommé. Il me libéra de l'emprise de son regard, et je baissai les yeux sur mes genoux pendant quelques secondes avant de relever la tête.

- Que vient-il de se passer ? demandai-je.

- Vous ressentiez ma faim, répondit-il succinctement.

Je restai immobile pendant un moment et j'essayai de comprendre ce qui venait de se produire. Comment avait-il fait ça ?

- Si vous avez faim, pourquoi ne mangez-vous pas quelque chose ? m'enquis-je, tentant d'établir une sorte de relation.

- J'ai tout à fait l'intention de manger, et bientôt. Le niveau de faim que vous venez de ressentir est une réalité quotidienne pour nous. Ce n'est pas assez fort pour que je sois prêt à me nourrir, répliqua-t-il, me regardant à travers la table.

Quand il quitta la pièce, j'éclatai en sanglots. Lillian lava la vaisselle derrière moi sans dire un mot.

Je savais que je n'avais pas encore vécu le pire de ce que cette maison avait en réserve pour moi.

Chapitre 22: Sa nourriture

Je quittais rarement ma chambre. Je pouvais sentir la tension augmenter de jour en jour.

Je me rendais à la cuisine à l'heure des repas sans attendre Lillian. Cela me permettait de passer un peu de temps seule dans le corridor pour trouver un téléphone et me faire une meilleure idée de la maison. Au cours de l'un de ces périples, je décidai d'essayer la porte d'entrée. Je savais que M. Samuels était rapide, mais je m'étais rendue à la cuisine sans rencontrer Lillian, alors je pensais que j'avais peut-être quelques secondes avant qu'il n'apparaisse dans le hall. C'est ainsi qu'un matin je me dirigeai vers la porte principale au lieu de tourner en direction de la cuisine quand j'arrivai en bas de l'escalier.

M. Samuels se retrouva instantanément en face de moi, appuyé contre la porte. Ses bras étaient croisés devant sa poitrine, et sa tête était tournée sur le côté alors qu'il me dévisageait avec un regard impassible.

Je me figeai.

- Verrouiller la porte de votre chambre ou vous enchaîner au lit ? demanda-t-il. Laquelle de ces alternatives voulez-vous voir se concrétiser ?

- J'allais juste vérifier cette planche qui grince sur le perron en avant. Je peux l'entendre quand quelqu'un est à l'extérieur, m'emportai-je en retour.

Le silence s'étira entre nous pendant quelques secondes alors que j'attendais sa réaction. Le seul bruit qu'on entendait était celui de l'air qui entrait et sortait de mes poumons avec chacune de mes respirations. Je nous avais surpris tous les deux avec ma bravade.

Il retroussa les lèvres dans un léger sourire, mais celui-ci eut vite fait de disparaître, et son visage redevint sévère une fois de plus.

Je me tournai en direction de la cuisine, mais je trébuchai alors que la soudaine vague de bravoure qui m'avait permis de lui tenir tête disparaissait. Lillian fut instantanément à mes côtés et m'aida à me rendre à la cuisine.

Le lendemain matin quand j'arrivai au rez-de-chaussée, M. Samuels me prit de court en apparaissant soudainement et en me poussant contre le mur, inclinant ma tête en arrière tandis qu'il reniflait mon cou.

Je haletai de surprise et d'effroi et essayai de le repousser, utilisant toute mes forces. Il ignora mes efforts. C'était comme pousser une statue de marbre. Il planta ses dents dans le côté gauche de ma gorge. Je criai à la fois de douleur et de stupéfaction.

Est-ce bien cela ? Est-ce ma mort ?

La peur déferla en moi. Je le sentis grogner et commencer à sucer la plaie. Il me souleva dans ses bras pour ne pas avoir à se pencher et me maintint en place en m'épinglant au mur avec son corps. Alors qu'il s'appuyait contre moi, je sentis ma cage thoracique se faire écraser par le poids imposant de son corps. Je n'arrivais pas à respirer, et j'entendis un craquement interne comme si une côte avait cassé.

Tandis qu'il buvait goulûment, je commençai à me sentir étourdie. Je fermai les yeux et continuai à le repousser, combattant cette mort comme je le pouvais, même si je me rendais compte que j'étais impuissante à le stopper.

Mais apparemment il n'était pas prêt à me tuer tout de suite. Il me relâcha au bout d'une minute.

- L'odeur de votre frayeur vous confère un goût encore meilleur, murmura-t-il en reculant, léchant mon sang sur ses lèvres.

Quand il me libéra, je glissai le long du mur et grimaçai de douleur, essayant désespérément d'aspirer de l'air dans ma cage thoracique ecchymosée. Il m'attrapa avant que je ne touche le sol et tint mon épaule de manière à ce que je glisse en position assise contre le mur en me tenant à la verticale avec son genou. Je finis par arrêter de choir et restai en place, mes genoux serrés contre ma poitrine alors que j'essayais de reprendre mon souffle. Une fois que je fus immobile, il s'en alla dans son bureau.

Je fermai les yeux, pétrifiée de frayeur. J'étais encore en vie. Mais pour combien de temps ? J'essayai de me relever après quelques minutes, mais je me sentais trop patraque. Lillian apparut et s'agenouilla à côté de moi, ses mains froides me tirant debout avec une délicatesse surprenante.

- J'ai entendu cette côte craquer depuis l'autre pièce, marmonna-t-elle. Pouvez-vous respirer ?

Je hochai la tête, me pliant en deux alors que la douleur se faisait insistante.

Elle me transporta à l'étage, me soulevant facilement malgré sa petite stature, et m'aida à me mettre au lit avant de disparaître. Désespérément terrifiée d'être seule, je tendis instinctivement la main vers la seule personne dans la maison qui m'avait aidée, mais je la ramenai aussi vite. Elle était, me rappelai-je, ma geôlière. Elle réapparut quelques minutes plus tard avec du jus d'orange et des biscottes. J'engloutis rapidement le jus et les craquelins, puis je me détournai d'elle et sanglotai en serrant mon flanc douloureux.

Ils étaient réellement des vampires.

Les histoires dans le livre que j'avais trouvé à Paris étaient vraies. Ces hommes qui avaient mis mes sens en alerte pendant que je voyageais, ils devaient tous avoir été des vampires. Y en avait-il vraiment un si grand nombre ? Ils avaient été partout, en France et en Italie aussi bien qu'à Chicago. Comment pouvaient-ils garder leur statut de simples mythes et légendes ? C'est à ce moment-là que je songeai que toute personne qui les prenait au sérieux, comme Millicent – et maintenant moi – disparaissait tout bonnement.

Alors que je me débattais avec ces constatations, Lillian tira gentiment l'une des couvertures sur moi et s'en alla, éteignant la lumière avant de fermer la porte en silence.

Je m'assoupis mais me réveillai bientôt à nouveau, ayant de la difficulté à respirer. Lillian revint et m'aida à m'asseoir.

- Laissez-moi voir votre flanc, dit-elle.

J'écartai la literie pour qu'elle m'examine. Après avoir doucement soulevé mon tee-shirt et touché mon flanc, elle appela :

- Mack.

M. Samuels apparut instantanément à côté de mon lit.

Je me dérobai, mais il me ramena à lui, soutenant mon regard avec le sien. Il palpa mon côté et je grimaçai. Il le remarqua et adoucit son contact. Après avoir passé ses doigts le long de mon flanc, il se leva.

- C'est seulement meurtri. Vous allez vous en remettre, dit-il. Je ferai plus attention la prochaine fois.

Jamais je n'avais entendu de mots plus terribles.

Chapitre 23: Sa famille

Il avait dit que l'odeur de ma frayeur était enivrante, aussi décidai-je de le décourager. Peut-être que je ne serais pas en mesure d'empêcher la peur d'affluer en moi quand il m'attraperait, mais je pouvais garder la tête haute et endurer mon supplice avec dignité.

Il comprit ce que je faisais, et la deuxième fois où je parvins à l'escalier sans regarder à droite ou à gauche, j'entendis un grognement sourd en provenance de son bureau.

Parfait. Je venais juste de le priver d'une petite gâterie. Pas de goût de peur de ma part durant cette excursion. C'était une petite victoire, mais je prenais ce que je pouvais. Pour le moment, jusqu'à ce que je puisse mettre la main sur une arme.

Les semaines passèrent, Mack me traquant à l'approche de son prochain 'repas.' Il venait derrière moi en silence ou attendait à la porte quand je quittais ma chambre, seulement pour disparaître après que j'aie sursauté de peur.

J'observais les changements graduels sur son visage à mesure que le moment approchait. Les ombres s'accentuaient sous ses yeux, et ses iris s'obscurcissaient, passant d'un rouge brillant à un bourgogne terreux. Il était toujours beau, mais il était en train de se transformer en quelque chose de plus sinistre à l'approche du jour que je redoutais.

J'essayais de ne pas me pencher dans le couloir pour voir s'il était là quand je quittais ma chambre, mais je ne pouvais pas m'empêcher de le faire.

Il m'attrapait toujours dans le corridor quand il se nourrissait. Il était tellement rapide et silencieux que j'étais toujours surprise, peu importe combien je pouvais avoir anticipé son attaque. Parfois il bondissait hors de la bibliothèque, d'autre fois il venait de son bureau. Les moments les plus effrayants étaient quand il me poussait sur mon dos sur le plancher. J'étais terrifiée qu'il puisse vouloir plus que du sang lors de ces occasions, mais il se contentait de s'en aller en ronronnant quand il avait fini de boire, et Lillian m'aidait à me relever.

Je restais dans ma chambre autant que possible pour l'éviter, jusqu'à ce que je réalise qu'il arrivait occasionnellement à Mack de quitter la maison.

Je venais en bas toute seule quand je savais qu'il était parti. Je ne voulais pas m'aliéner Lillian en essayant de me sauver par la porte principale quand il n'y avait que nous deux dans la maison. Elle était sans aucun doute aussi forte et rapide que Mack. Alors j'allais dans la bibliothèque pour choisir quelques livres et je les ramenais à l'étage pour lire. Parfois j'imaginais que Boo était couché à mes pieds, endormi, sa chaleur pénétrant la courtepointe.

J'étais rapidement passée à travers leurs quelques classiques, et j'étais en train de faire mon chemin à travers le reste de la collection, désespérée de lire tout ce qui pourrait me distraire. La bibliothèque contenait des livres sur l'histoire et la religion, ainsi qu'une variété de titres sur l'immobilier, le commerce et le droit. Il y avait beaucoup de livres des années 1890 aux années 1930, et des ensembles complets d'encyclopédies avec des dates commençant dans les années 1960 et se terminant avec un ensemble publié en 2009.

Ce n'étaient pas seulement les livres qui m'intéressaient. J'étais déterminée à trouver un moyen de m'échapper ou de laisser quelqu'un savoir que j'étais en vie, même si je ne savais pas exactement où je me trouvais. Je vérifiais toujours les couloirs et le bureau chaque fois que j'étais seule, en quête d'un téléphone ou d'un ordinateur que les habitants de la maison ne surveillaient pas.

Mais je ne vis jamais un téléphone fixe. Ils doivent tous avoir des téléphones portables, me dis-je sombrement. Cela allait rendre plus difficile pour moi la tâche de mettre la main sur un téléphone.

Au fil des semaines, j'appris la routine de la maison. Mack avait des visiteurs ; Lillian n'en avait pas.

D'autres que je présumais être des vampires venaient en visite, mais généralement sans entrer en contact avec moi.

Généralement.

L'exception était un grand homme élancé qui avait des cheveux noirs très droits et un regard cruel. Il vint un après-midi pendant que j'étais dans la cuisine en train de prendre mon déjeuner.

Mack avait l'habitude de rester dans la cuisine quand je mangeais mon déjeuner et mon dîner, parce qu'il savait que je ne mangerais pas de steak s'il n'était pas là.

Mack rencontra son invité dans le corridor à côté de la porte de la cuisine et lui donna une tape dans le dos.

- Ted, s'exclama-t-il.

C'était étrange de l'entendre comme ça. Il avait l'air insouciant et heureux, comme s'il était juste un gars ordinaire.

- Mack, dit le nouveau venu en riant.

Ted jeta un coup d'œil dans la cuisine par-dessus l'épaule de Mack. Depuis mon siège à la table, je pouvais le voir me regarder avec curiosité. Je déplaçai ma chaise plus près de Lillian. Il me lança un regard appréciateur et m'adressa le sourire le plus effrayant que j'aie jamais vu.

- Qui est-ce ? demanda-t-il à Mack.

- Elle est à moi, répondit brusquement Mack avant de s'éloigner avec lui.

Lillian s'était glissée dans la chaise de Mack au cours de leur échange, se plaçant entre moi et le visiteur à la porte. Je vis un bref sourire traverser son visage alors qu'elle regardait Ted, et je vis Ted lui rendre son sourire. Mack semblait observer l'échange avec intérêt et il caressa son menton, ses yeux voyageant de l'un à l'autre.

Je lui lançai un regard interrogateur quand ils furent partis.

- Son frère, Ted, articula-t-elle silencieusement.

Je tremblai. Allait-il permettre à Ted de m'avoir comme source de nourriture ?

Lillian perçut ma crainte – elle prit mon assiette et mon verre et me reconduisit à ma chambre. Elle s'assit sur le lit et travailla sur du raccommodage qu'elle avait sorti de la poche de son tablier pendant que je terminais mon déjeuner.

Tandis que je mangeais, je m'aperçus dans le miroir. Bien que je lavais mes cheveux par habitude, ils étaient plats et ternes, pendant mollement de chaque côté de ma tête. Ma peau était plus pâle que jamais, et j'avais d'énormes cernes sous les yeux.

L'idée me traversa l'esprit que j'étais en train de devenir l'un d'eux.

- Suis-je... débutai-je avant de faire une pause.

- Êtes-vous quoi ? demanda Lillian, réticente.

- Je deviens pâle, dis-je.

- J'ai remarqué.

- Suis-je en train de devenir l'une d'entre vous ?

Elle déposa son reprisage.

- Non. C'est un processus. Ça peut arriver accidentellement avec un plus jeune qui est interrompu pendant qu'il se nourrit, mais Mack a de l'expérience. Il ne vous changera pas à moins qu'il n'envisage de le faire. Son venin est plus fort car il est plus âgé. Il y en a des traces dans votre système, qui subsistent quand il se nourrit. Je peux le sentir dans votre parfum, mais ce n'est pas en train de vous changer.

- Alors qu'est-ce que c'est ? questionnai-je en désignant mon visage.

- Vous avez l'air déprimée, déclara-t-elle catégoriquement.

Chapitre 24: Pour tuer un vampire

Même si je paraissais résignée à mon sort, je continuais de chercher un moyen de m'échapper ou de combattre.

Quelques semaines après mon arrivée, un jour que Lillian et moi étions en train de préparer le déjeuner, Mack fit signe à Lillian de sortir de la cuisine.

- J'ai pensé que je pourrais manger avec elle aujourd'hui, dit-il.

Elle lui lança un regard sceptique mais baissa la tête et s'en alla quand il gronda à son intention. Je tressaillis en entendant le bruit, et il posa ses yeux sur moi.

Une fois qu'elle fut partie, il sourit et se dirigea vers le réfrigérateur. Il resta planté devant les doubles portes comme s'il n'était pas familier avec le mode d'opération d'un tel appareil avant de fouiller à l'intérieur, sortant des contenants et examinant leur contenu. En le voyant comme ça, je réalisai que Lillian ne me tournait jamais le dos dans la cuisine. Elle gardait un œil sur le tiroir à couteaux depuis le jour de mon arrivée.

C'était l'occasion que j'attendais. Pendant que Mack était absorbé par le réfrigérateur, je mis une main dans le tiroir à coutellerie. Je sortis un long couteau dentelé que je pouvais facilement dissimuler pendant qu'il avait le dos tourné et je le glissai dans ma manche. Plutôt que de le poignarder maintenant, je voulais me préparer.

Je gardai le couteau sur moi pendant plusieurs jours, m'entraînant à poignarder quelqu'un dans le miroir. Je me rendis compte que j'étais étonnamment réticente à donner un coup à quelqu'un. « Il n'est pas vivant, » n'arrêtais-je pas de me dire en envoyant le couteau vers l'avant, d'abord avec les deux mains, puis avec une seule. Que devais-je viser ? Sa poitrine ? Le cœur, si le sien battait, serait protégé par la cage thoracique. Sa gorge ? Il était plus grand que moi, alors il faudrait que je l'attaque pendant qu'il était assis. Chaque mouvement que je tentais semblait maladroit. Je décidai finalement d'y aller avec un coup de poignard dans la poitrine.

J'eus le courage et l'occasion de le faire un jour plus tard, alors qu'il était assis à côté de moi durant le déjeuner. Quelque chose à l'extérieur avait attiré son attention, et il regardait dans la cour.

Je glissai le couteau hors de ma manche et l'enfonçai de toutes mes forces dans sa poitrine, sautant sur mes pieds et utilisant mon poids comme levier.

À ma grande horreur, bien que le couteau ait glissé dans son corps jusqu'à ce qu'il soit stoppé par un os, Mack ne réagit pas. Ma main glissa le long du manche quand celui-ci s'immobilisa, et le tranchant de la lame ouvrit ma paume. Je regardai bêtement ma main, puis levai à nouveau les yeux vers Mack.

En un éclair, il eut le manche du couteau dans une main et ma main blessée dans l'autre. Il tira le couteau de sa poitrine et le jeta sur le sol, puis il porta ma main à sa bouche en regardant attentivement mon visage.

Il lécha le sang s'écoulant de la plaie, lentement et sensuellement, comme s'il léchait une sucette. Une sensation aigüe de brûlure, comme si je tenais un fer chaud, m'irradia de l'endroit où sa langue m'avait touchée. J'essayai de reculer brusquement, mais il tint fermement ma main, piégeant mes yeux avec son regard intense.

Après m'avoir fixée pendant quelques secondes, il se repencha sur ma main et la suça légèrement, puis il lécha ma paume et mon poignet, enlevant toute trace de sang. Ensuite il la retourna gentiment vers moi.

La coupure de couteau n'était maintenant plus qu'une petite ligne blanche.

- Est-ce que ça brûle encore ? demanda-t-il.

Je secouai la tête, terrifiée. Qu'allait-il faire de moi ?

- Les couteaux et les balles ne fonctionnent pas sur nous, déclara-t-il placidement.

- On ne m'a pas donné de manuel d'instructions, répliquai-je sèchement, me surprenant moi-même. Qu'est-ce qui fonctionne, alors ?

À ma grande surprise, il éclata de rire et ébouriffa le dessus de ma tête alors que je me débattais pour me libérer de son emprise.

- Je commence à bien vous aimer, petite furie, dit-il. Ne le refaites plus. Et si vous poignardez Lillian, Ted vous tuera probablement dès qu'il en aura l'occasion.

Il ramassa la chaise qui était tombée à la renverse quand je l'avais attaqué et me rassit dessus. Poussant mon assiette devant moi, il dit :

- Mangez, maintenant.

Chapitre 25: En regardant par ma fenêtre

Rien ne changea après que j'aie poignardé Mack, sauf que maintenant Lillian m'accompagnait toujours à la cuisine.

Je rêvais de m'échapper, mais jamais je ne trouvai l'occasion de le faire.

La saison était en plein changement à l'extérieur de la fenêtre de ma chambre. Je passais des après-midis à regarder les bois, à observer la nature. Les feuilles dans les arbres en bordure de la propriété étaient en train de passer du vert au jaune et au rouge vifs. J'avais été amenée ici en août, et à présent c'était la mi-septembre.

J'avais réussi à garder cette fenêtre pour moi. Je n'avais pas essayé de l'ouvrir et de sortir dehors – j'avais vu trop de démonstrations de la vitesse et de l'ouïe des vampires pour avoir un quelconque espoir de me rendre loin. Je voulais qu'on me laisse cette chose. En début de soirée je regardais l'obscurité grandir, d'abord dans les bois juste derrière la maison, avant de s'immiscer dans la cour. J'écoutais le vent bruisser à travers les arbres et éparpiller les feuilles tombées au sol.

Les bruits de la nuit ramenaient un sens de normalité à ma vie. Je pouvais fermer les yeux et imaginer que j'entendais les oiseaux à la maison de mes grands-parents dans le Michigan, et non pas dans ma prison actuelle. Nous avions souvent passé nos étés dans leur petite maison en dehors de Traverse City. Les jumeaux, Simon et Simone, couraient et criaient dans la cour en jouant avec le chien après que nous soyons revenus d'une journée dans les dunes de sable.

Une nuit, alors que j'étais à ma fenêtre, j'aperçus une ombre sur la terrasse et je vis Mack se rendre dans la cour. Il se déplaçait à vitesse humaine et il s'arrêta un instant, la tête levée en l'air, les yeux fermés.

Était-il en train de flairer le vent ?

Je le regardai, figée, alors qu'il semblait se transformer en animal puis de nouveau en homme.

Ses yeux se posèrent sur ma fenêtre, et je reculai légèrement. C'est alors qu'il se sauva dans les bois en courant.

Je me demandais ce qu'il pouvait bien traquer. Ou qui.

J'eus ma réponse le lendemain matin. Au petit déjeuner, ses yeux étaient rouge vif, donc il devait s'être nourri pendant la nuit.

Je fus horrifiée de réaliser que j'étais soulagée. Il avait tué quelqu'un, ou du moins il avait bu le sang de quelqu'un la nuit dernière, mais cela signifiait que je serais épargnée de ma rude épreuve pendant quelques jours de plus.

Chapitre 26: Évasion

Lillian me dit que nous avions beaucoup vu Ted parce qu'il était en ville 'pour affaires.' Il était venu en visite à plusieurs reprises au cours de la dernière semaine. Le vampire longiligne semblait prendre plaisir à mettre mes nerfs à vif en m'adressant un sourire en coin quand Mack ne regardait pas. À mon grand soulagement, il gardait ses distances.

Un soir, Lillian vint me voir dans ma chambre après le dîner.

- Ted et moi allons nous absenter pendant quelques jours, me dit-elle avec des yeux brillants. D'autres de mon espèce seront ici, mais ne vous inquiétez pas à leur sujet. Dites-le simplement à Mack si quelqu'un vous rend mal à l'aise.

Comme si quelque chose pouvait me rendre plus 'mal à l'aise' que d'être ici.

- Amusez-vous bien, lui dis-je.

La perspective de son absence me terrifiait, mais je me rendis compte que je souhaitais sincèrement qu'elle soit heureuse. Je secouai la tête à ma stupidité. Elle était l'une de mes ravisseurs et un vampire de surcroît, même si je ne servais pas à la nourrir. Quand se nourrissait-elle ? Elle semblait toujours être dans la maison lorsque je quittais ma chambre.

Plus tard cette nuit-là quand je me réveillai, la maison était anormalement silencieuse. Pas de lumières. Pas de bruits.

Je me levai, enfilai quelques vêtements, et descendis l'escalier sans faire de bruit pour me rendre à la cuisine. J'étais consciente que mes ravisseurs étaient très silencieux de nature, mais personne ne vint dans le couloir ou dans la cuisine comme ils le faisaient d'habitude quand ils m'entendaient me déplacer dans la maison.

Après quelques minutes dans la cuisine obscure et silencieuse, je n'avais toujours rien entendu. J'ouvris donc la porte de derrière et sortis dans la nuit. Il y avait une pleine lune dans le ciel avec une légère couverture nuageuse.

J'étais seule dans la noirceur silencieuse. Personne n'apparut sur le seuil pour me ramener dans la maison.

Je marchai tranquillement vers la bordure de la cour, me retenant de piquer un sprint, essayant de ne pas faire de bruit, mais je me mis à courir dès que je parvins à la forêt derrière la demeure. Je me frayai un chemin à travers les buissons, égratignant mes jambes au passage. De minces branches que je ne voyais jamais fouettaient mon visage, lui infligeant de petites coupures, mais je continuai à courir, galvanisée par la douleur et la peur soudaine que Mack puisse sentir le sang.

Tandis que je courais, j'entendis un bruit de reniflement et des grondements sourds derrière moi. Je fis halte à quelques reprises pour voir si j'étais poursuivie. Les bruits cessaient lorsque j'arrêtais de bouger, mais aussitôt que je recommençais à courir, ils reprenaient.

Alors je continuai, trébuchant un peu et haletant, en piètre forme en raison des mois d'inactivité. Je parvins finalement à un ruisseau. La surface de l'eau brillait dans la lumière de la pleine lune. Le cours d'eau n'avait pas l'air très profond, bien qu'il me fût impossible de le dire avec certitude.

L'eau nous débarrasse de notre poursuivant, non ? Je m'empressai de traverser le ruisseau sur des rochers éparpillés dans son lit. Parvenue au milieu, je glissai et tombai dans l'eau, écorchant mes jambes sur les pierres anguleuses.

La douleur et l'eau froide me rendirent instantanément alerte et éveillée, et je ne me souciai plus de demeurer silencieuse. Une fois que j'eus atteint l'autre rive, je courus sans hésiter, fonçant à travers les broussailles, trébuchant à tous les cent mètres, puis me relevant et recommençant à courir. De temps en temps je m'arrêtais pour écouter d'éventuels poursuivants. Le vent s'était levé, et le son plaintif qu'il faisait dans les arbres au-dessus de moi était troublant. Je frissonnai, encore mouillée de ma chute dans le ruisseau.

Finalement, je tombai au sol, morte de fatigue. Je devais lutter pour être aux aguets, pour rester éveillée, mais ma peur et mon adrénaline cédèrent bientôt la place à l'épuisement.

Je me réveillai en sursaut. Il commençait à faire clair au-dessus des arbres. Le jour se levait. Je tremblais de froid et mon cœur battait la chamade comme si quelque chose m'avait ramenée à l'état de conscience en m'effrayant. Je regardai autour de moi et tendis l'oreille, mais je ne vis ni n'entendis personne.

J'étais étonnée que personne ne m'ait encore trouvée. Peut-être qu'ils pensaient que je dormais ? Ne pouvaient-ils pas m'entendre respirer ? Je ne savais pas et je n'allais pas perdre davantage de mon temps en conjectures. Il fallait que je bouge.

Je me levai et jetai un coup d'œil à la ronde, essayant de me rappeler d'où j'étais venue la nuit précédente, mais la forêt était la même dans toutes les directions. Je décidai d'aller dans la direction qui était face à moi quand je m'étais réveillée. D'après la position du soleil, je me dirigeais vers l'ouest. Ma fenêtre avait une vue sur l'ouest, donc avec un peu de chance, il se pouvait que je n'aie pas tourné en rond toute la nuit et que je me sois éloignée de la maison de manière constante.

Je ne portais que des ballerines, pas du tout conçues pour la randonnée pédestre, et je commençais à grimacer de douleur chaque fois que j'avançais d'un pas. Je me forçai à continuer, ignorant ma crainte de laisser l'odeur du sang sur le sol à chaque pas que je faisais.

Chapitre 27: Fuite

Finalement, j'entendis de nouveau le bruit d'un torrent. Je ne savais pas si je devais me réjouir ou être effrayée. Étais-je revenue au ruisseau de la veille ? Je sortis enfin des arbustes, seulement pour apercevoir une rivière devant moi. Mon cœur se serra. Elle était beaucoup trop large et tumultueuse pour que je puisse la traverser à la nage. Je me précipitai en bas de la rive escarpée jusqu'au bord de la rivière. La vue et le bruit de l'eau me donnèrent soif, mais je savais que je ne devrais pas boire l'eau boueuse.

Je longeai le rivage. Une rivière aussi large nécessitait un pont, aussi étais-je certaine de trouver une route bientôt. Je marchai le plus clair de la journée, à l'ombre des arbres ou des rochers lorsque c'était possible. Même si le mois d'octobre tirait à sa fin, je pouvais sentir le soleil brûler ma peau pâle et exposée.

Je vis enfin quelque chose plus loin devant, scintillant dans la lumière du soleil. Un pont à tréteaux blancs enjambait la rivière.

Espoir. Soulagement. Peur. Les émotions se livraient bataille en moi. Si un pont se trouvait si près, je devais être à proximité d'une route très fréquentée.

Mais est-ce que Mack ou Ted m'attendraient là-bas ?

Je ne pouvais pas me permettre de penser en ces termes. Déchirant le bas de mon chemisier, je fabriquai un bandana pour protéger partiellement mon visage et je continuai de me traîner vers l'avant, épuisée.

Près du pont, je remontai la pente du rivage pour accéder au terrain plus élevé.

Le côté de la butte était raide, et les rochers ocre qui y étaient enchâssés étaient lâches et déboulaient autour de moi à chaque mouvement précautionneux que je faisais. Quelques racines d'arbres émergeaient parmi les rochers, probablement exposées par une coulée de boue. Je ne m'inquiétais pas de l'éventualité d'une coulée de boue en ce moment, j'étais juste contente de pouvoir m'agripper à quelque chose.

À mi-chemin dans la pente, je me sentis déraper. La racine que je tenais devint lâche, et je me mis à glisser sur la berge escarpée.

Alors que je fouettais l'air, saisissant ce que je pouvais pour empêcher cette chute, quelqu'un passa à toute vitesse à côté de moi et des mains froides m'attrapèrent.

L'instant d'après je me retrouvai en toute sécurité au sommet de la pente, et Mack n'était plus là.

Je restai immobile, les mains sur mes genoux, la tête baissée, reprenant mon souffle. Avait-il toujours été là ?

Avec un serrement de cœur, je réalisai qu'il jouait un jeu. « Il aime chasser, » m'avait dit Lillian.

Je m'effondrai sur le sol avec un sentiment de défaite. Chaque muscle de mon corps me faisait mal. Il savait où j'étais. À quoi bon continuer ?

Pendant un moment je restai simplement assise, retenant des larmes de frustration. Qu'arriverait-il si je poursuivais mon chemin et trouvais quelqu'un ? Est-ce que toute personne qui essayait de m'aider se ferait tuer ? Cette pensée me fit faire une pause. Je ne donnerais pas à Mack la satisfaction de retourner à la maison. Je me jetterais en bas du pont. Ce serait ma façon de m'évader.

Et donc je me dirigeai vers le pont, piétinant les broussailles qui poussaient le long du haut de la berge. Les feuilles étaient pour la plupart tombées des arbres et des arbustes, et des petites branches pointues déchiraient la peau de mes jambes comme je passais. Si j'essayais de les repousser, leurs épines blessaient mes mains.

Je parvins enfin à la route. Quand j'entendis un véhicule approcher, je m'avançai sur l'accotement. Un grand camion semi-remorque ralentit et se gara à côté de moi. Je levai les yeux et vis le chauffeur se pencher dans la cabine pour baisser la vitre du côté passager. Je savais que Mack était dans les parages, aussi étais-je partagée quant à la façon de réagir face à ce potentiel Bon Samaritain.

- Je t'emmène quelque part, fillette ? demanda le conducteur en me lançant un regard rempli de concupiscence.

Ce type n'était pas mon chevalier en armure étincelante.

Chapitre 28: Retour en captivité

De l'autre côté de la route, Mack apparut de derrière un bouquet d'arbres. Il se tenait tranquillement appuyé contre l'un des troncs, s'assurant que je le voyais.

Il devait avoir surveillé mes moindres mouvements, et maintenant il me regardait interagir avec ce camionneur.

Je m'efforçai de sourire et reportai mon attention sur celui-ci.

- Ça ira, lui dis-je. J'attends que mon petit ami me rejoigne. Qui aurait cru que je pourrais parvenir à la route la première depuis le rivage ?

Le camionneur me dévisagea pendant un moment.

- Eh bien, prends ce chapeau, dit-il, me lançant un chapeau de travail à larges rebords. Ça doit faire un bon bout de temps que tu te promènes au grand air ; je ne vois pas beaucoup de coups de soleil à cette période de l'année. Il n'est pas trop tard pour reconsidérer mon offre…

Il indiqua le siège à côté de lui dans la cabine.

J'attrapai le chapeau et secouai la tête. Cet homme était gentil tout compte fait ; je ne voulais pas risquer qu'il se fasse tuer.

- Merci, Monsieur. Un coup de vent a envoyé le mien dans la rivière.

Il hocha la tête, remit le camion en marche et s'éloigna, me laissant seule sur le côté de la route. C'était mon choix.

- Quel est le plan ? demandai-je, sachant que Mack pouvait m'entendre.

Silence.

J'étais fatiguée et à bout de forces. Je voulais que mon calvaire soit terminé, mais je ne pouvais pas mettre aussi un autre humain en danger. Il me fallut seulement quelques secondes pour décider. Si je vivais, je continuerais d'être drainée lentement par ce vampire jusqu'à ce qu'il se lasse de moi ou qu'il perde le contrôle pendant qu'il buvait mon sang. Si je voulais mourir selon mes conditions, c'était ma chance. Les jambes tremblantes, je me rendis au centre de la voie de gauche et m'assis là où un camion allait me frapper à coup sûr.

Je fermai les yeux en entendant le bruit d'un moteur diesel. Le camion s'approchait rapidement – avec un peu de chance, il ne me verrait pas. J'entendis un coup de klaxon assourdissant et un crissement de freins.

Avant que le véhicule puisse me frapper, je fus soulevée et portée par des bras puissants et froids. Je cédai à la peur, à l'épuisement et à la douleur, et je

commençai à sangloter. Il me tint et courut pendant que
je pleurais.

En peu de temps, nous fûmes de retour à la maison.
Mack me déposa au milieu de mon lit.

- Vous avez aimé votre escapade ? dit-il, faisant les
cent pas devant moi. Dois-je considérer l'éventualité de
vous enfermer ici à présent ?

Je le regardai, puis je fermai les yeux et me laissai
tomber en arrière sans répondre. Je plongeai
immédiatement dans un sommeil induit par
l'épuisement.

Je me réveillai en gémissant le lendemain matin.
Tous les muscles de mon corps étaient endoloris. Je
mis délicatement mes mains sur mon visage, examinant
le coup de soleil que j'avais senti la veille.

À ma grande surprise, mon visage n'était pas
douloureux. Passant mes mains sur mes jambes, qui
avaient été couvertes de minuscules coupures là où les
branches les avaient éraflées pendant que je courais, je
vis qu'elles étaient maintenant dépourvues
d'égratignures. Comme j'atteignais mes pieds, je pus
voir des marques blanches là où il y avait eu des
cloques, mais ils n'étaient plus douloureux.

Un mouvement dans le coin de la pièce me fit arrêter
de m'examiner. Mack était assis dans la chaise à
bascule, les jambes croisées, une expression sévère sur
son visage. Quand je levai les yeux vers lui, il capta
mon regard avec le sien et le soutint. Je baissai
rapidement les yeux au sol et ramenai mes jambes sous
moi. Je repoussai le sentiment de honte qui me

traversa. *Pourquoi ai-je honte ? Parce que je n'ai pas réussi à m'échapper ? Ou bien parce que je l'ai déçu ?*

Il se leva et me tendit deux grandes bouteilles de liquide clair.

- Buvez ça, ordonna-t-il. Vous avez besoin de restaurer vos sels minéraux. Je vais devoir me nourrir demain, alors vous devez boire. Si vous ne le faites pas, je vais vous les administrer pas intraveineuse.

Je grimaçai en buvant le Gatorade. Ça avait un goût horrible. Je détestais Mack.

Mais je fis une pause entre les gorgées.

- Pourquoi ? demandai-je.

Il me fixa sans répondre.

- Pourquoi moi ?

Il se rassit dans la chaise et se pencha en arrière, croisant une jambe par-dessus l'autre.

- Parce que c'est vous que je voulais, répondit-il.

Un sourire se glissa sur son visage. Je frémis.

Chapitre 29:
Conversations
décourageantes

Pourquoi avoir attendu que je rentre d'Italie ? demandai-je à Mack. Pourquoi pas à Chicago ?

- C'est à cause de M. Amalfi, répondit-il. Il m'a dit que je ne pouvais pas vous prendre à Chicago parce que vous étiez la fille d'une femme en relation avec une politicienne. Mais quand vous l'avez pris en photo à l'aéroport, cela a soulevé la menace d'être exposés... ce qui signifiait que vous étiez toute à moi, déclara-t-il simplement.

- Millicent ? m'enquis-je doucement.

Il haussa un sourcil.

- Millicent Berrywhite, celle pour qui je travaillais au cabinet d'avocats, insistai-je. L'avez-vous tuée ?

Il secoua la tête.

- Non, je ne l'ai pas tuée. Elle aurait peut-être préféré cette alternative, cependant. Elle est dans l'établissement où Duane vous avait emmenée à l'origine. Elle y vivra jusqu'à ce qu'elle ne nous soit plus d'aucune utilité.

Ainsi donc mes soupçons au sujet des bâtiments de style ranch servant de cellules de détention étaient confirmés. J'étais horrifiée à la pensée que la brillante Millicent était gardée là-bas, mais j'essayai de ne pas laisser paraître mes sentiments. Puisque j'obtenais des réponses de lui pour la première fois, je décidai de continuer à poser des questions.

- Pourquoi ? demandai-je.

- Pourquoi ? répéta-t-il.

- Qu'est-ce que Millicent avait fait ?

- Elle était trop curieuse, elle enquêtait sur des choses qui ne la regardaient pas, dit-il catégoriquement, signalant la fin de la conversation.

Mon cœur se serra et je frissonnai. J'avais été si proche d'elle. Il était possible qu'elle ait passé trois jours dans la même chambre que moi, Betty lui apportant sa nourriture.

Puisque je ne pouvais plus rien demander, je continuai à boire le Gatorade. Quand j'eus terminé, il me laissa seule. Je passai le reste de la journée à regarder par la fenêtre en reconsidérant mes options d'évasion. Peut-être que je pourrais prendre l'une des voitures... mais il connaissait l'identité de ma mère. Même si je me sauvais, je ne pourrais jamais rentrer à la maison. Tandis que je regardais à l'extérieur, le sentiment d'espoir me quitta.

Quand je vis Lillian au dîner ce soir-là, elle garda un visage impassible. Pas sévère, juste impassible. Il y avait du steak au menu, bien sûr, et extra saignant. Même en présence de Mack, la texture de la viande presque crue me faisait étouffer. Lorsque j'eus fini de manger, Mack quitta la pièce.

Finalement, Lillian parla :

- Nous avons souffert toutes les deux de ça, vous savez, dit-elle doucement. Mes blessures sont guéries, à l'instar des vôtres.

- Comment – et pourquoi vous a-t-il fait du mal ? questionnai-je. Vous n'étiez même pas ici.

- D'abord, le comment, dit-elle en lavant la poêle à frire. Notre salive a des propriétés curatives. Tant que c'est à la surface, ça ne vous changera pas. C'est comme ça que vos coupures ont été guéries, tout comme la blessure de couteau dans la paume de votre main.

Elle se tourna vers moi.

- Et pourquoi ? Parce que je savais que vous alliez tenter de vous échapper.

Je commençai à dire quelque chose, et elle secoua la tête, souriant affectueusement.

- Il était impossible que vous ne tentiez rien. Vous avez du cran et de l'audace – vous êtes comme moi. Je lui ai dit que vous alliez vous sauver. Je suppose qu'il trouve que je n'ai pas essayé assez fort de le convaincre.

- Je suis désolée, marmonnai-je, et je l'étais.

Elle était la chose la plus proche d'une compagne que je puisse avoir durant ce calvaire. Pas très chaleureuse, mais digne de confiance.

- Ne vous inquiétez pas, poursuivit-elle. Il a bien aimé sa petite partie de chasse. Je suis sûre qu'il aurait souhaité qu'elle dure plus longtemps.

- J'avais besoin d'exercice, dis-je. Je n'avais pas réalisé à quel point je ne suis plus en forme. Ce temps que j'ai passé en fuite m'a fait prendre conscience que je dois m'entraîner sur un tapis de course ou quelque chose du genre. Aller au club sportif plus régulièrement.

Je vis un petit sourire traverser son visage, mais elle le cacha rapidement.

- Est-ce que je vais mourir ? demandai-je d'une voix à peine audible.

- Il n'y a personne de vivant ici à part vous, ma petite, dit Lillian sans la moindre émotion.

Chapitre 30: La vie et l'époque de Lillian

Je la regardai fixement.

    - Comment avez-vous abouti ici ? Est-ce que c'est ce qui vous est arrivé ?

Elle fit une pause et parut réfléchir à sa réponse avant de parler.

    - Mack ne m'a pas changée, si c'est ce que vous voulez dire, répondit-elle. Je suis née dans l'Oklahoma. J'étais une adolescente durant le Dust Bowl. Après deux années de mauvaises récoltes, ma famille a commencé à discuter de se rendre en Californie, mais je ne voulais pas y aller. J'avais un amoureux en ville, et j'étais convaincue que mon avenir était avec lui.

Elle sourit tristement, se balançant sur ses pieds.

    - Du moins, je croyais que c'était mon amoureux, continua-t-elle. Il s'est avéré que j'étais juste une fille parmi d'autres pour lui. Et des filles, il en avait à la pelle. Quand mes parents ont chargé le camion pour partir, j'ai filé en douce. J'ai dû marcher toute la nuit pour atteindre la ville, me cachant dans les fossés en bordure de la route chaque fois que j'entendais des camions passer.

Mon père est passé deux fois, mais je me suis dissimulée hors de vue chaque fois.

Je me rappelle que le matin, juste avant d'arriver en ville, j'ai regardé la tempête venir. C'était comme un gros nuage noir déferlant dans le paysage. On ne pouvait pas garder la poussière hors de la maison quand ces nuages passaient. Pendant les tempêtes précédentes, nous avions essayé de suspendre des draps humides, mais rien ne fonctionnait. Le bétail mourait avec cinq centimètres de poussière dans l'estomac. Vous avez déjà eu l'occasion de voir une tempête de sable quand vous alliez aux vues ?

Je réalisai qu'elle parlait des films au cinéma.

- Oui, répondis-je. J'ai vu *Lawrence d'Arabie* et *La Momie*. Il y avait des tempêtes de sable dans ces deux films.

- Eh bien, les tempêtes de poussière pouvaient s'étendre à travers plusieurs États, me dit-elle. Certaines étaient tellement grosses qu'elles avaient l'air de nuages sur le sol. Des nuages noirs tournoyants qui apportaient la mort.

Elle s'assit et ses yeux devinrent flous alors qu'elle semblait se perdre dans ses souvenirs.

J'essayai de me rappeler ce que je savais à propos du Dust Bowl.

- Donc votre famille avait une ferme ?

- Nous étions agriculteurs, mais la terre que nous cultivions ne nous appartenait pas, alors nous avons été obligés de partir. Je suis retournée à la maison au bout de deux semaines et j'ai trouvé une note de mon père attachée à un arbre près de la porte d'entrée. Ils ne pouvaient pas attendre plus longtemps. Il me disait de me joindre à quelqu'un d'autre et de les retrouver en Californie. Ma mère avait écrit en bas de la note qu'elle espérait que je m'étais mariée et que je lui enverrais des photos de mes enfants. J'ai marché vers l'est au lieu de me diriger à l'ouest, cependant. Avec le recul, cette période a dû être facile pour ceux de mon espèce. Tant de gens étaient portés disparus. J'étais complètement désorientée en arrivant à Oklahoma City, en quête d'un quelconque boulot. Étant jolie, j'ai reçu des offres, mais la plupart n'étaient pas pour du travail respectable. J'ai travaillé surtout dans des motels et des restaurants.

- Qu'est-il arrivé à votre petit ami ? questionnai-je. Ne pouvait-il pas vous aider ?

Elle me dévisagea.

- Marié, dit-elle.

- Désolée, répondis-je par réflexe.

Elle haussa les épaules.

- Une nuit, alors que je retournais à la chambre que je louais, j'ai senti qu'on me suivait. À ce moment-là j'avais l'habitude de me faire suivre par des hommes, et je transportais une arme à feu dans mon sac à main. Je l'ai sortie et je l'ai pointée en direction de celui qui me suivait quand il s'est approché de moi. Mais il m'a poussée contre le mur et s'est emparé du pistolet avant que je puisse tirer. Il m'a mordue, mais au lieu de me tuer, il a décidé de me garder pour lui tenir compagnie. Je n'étais pas heureuse avec lui, et finalement nous nous sommes séparés.

KATY MANN

- Comment était-ce ? demandai-je.
- Quoi donc ?
- Devenir un vampire. Est-ce que ça a fait mal ?
Elle me regarda et sembla peser ses mots avec soin.
- On meurt. On peut sentir son corps mourir, mais on ne perd pas conscience. On attend que ça prenne fin, on prie pour que ce soit terminé, mais ça ne finit pas. On perd lentement le contrôle de ses extrémités, et puis toutes les sensations s'en vont. On est piégé à l'intérieur d'un corps-cadavre. Ce n'est pas une sensation agréable et ça semble durer pour toujours. On est en suspens. Je pensais que j'étais dans les limbes, et que Dieu me punissait pour avoir eu une aventure avec un homme marié et avoir abandonné ma famille. Peut-être que c'était le cas et que je suis toujours dans les limbes. Mais finalement cette phase se termine, et quand on peut bouger à nouveau, on brûle d'une soif terrible.
- Ça semble épouvantable, dis-je.
Elle acquiesça.
- Une nuit que je errais sans but, je me suis retrouvée dans une veillée spirituelle sur le territoire de Mack. Ces rencontres étaient très populaires à l'époque. Les gens venaient de partout pour y assister, alors une femme étrangère n'allait pas être remarquée puisque les femmes n'étaient pas rares à ces veillées. Je trouvais souvent mes victimes à l'extérieur des tentes. Je faisais le tour de la foule, en quête d'une personne seule que je pourrais attirer plus loin, quand j'ai aperçu Mack. Je l'ai vu tourner les yeux dans ma direction, et j'ai essayé de m'enfuir.

152

Elle fit une pause et ramena ses bras à sa poitrine, s'étreignant elle-même.

- Vous le voyez tel qu'un humain voit un vampire, dit-elle. En tant que mortelle, vous le trouvez effrayant. Ce que vous ne savez pas, c'est combien il est intimidant pour les autres de mon espèce.

Elle se berça légèrement dans la chaise.

- J'étais terrifiée par lui. Il m'a vite rattrapée, et je me suis arrêtée. J'étais abattue, parce que je n'avais pas d'endroit où aller. Il m'a tourné autour plusieurs fois, mais j'ai gardé la tête baissée et je n'ai pas lutté. Quand il m'a demandé d'où je venais, je lui ai dit « de nulle part. » Mack a arrêté de tourner autour de moi et s'est placé devant moi pendant que j'attendais le coup mortel. On ne doit pas chasser sur le territoire d'un autre vampire. Même si je ne savais pas qu'il avait été réclamé, par tous les droits, il aurait pu simplement me détruire. Mais il ne l'a pas fait. À la place il m'a emmenée dans cette maison, et j'y ai passé toute mon existence depuis. C'est tout ce qu'il y a à dire à propos de moi. Je reste ici. Il part et revient. C'est drôle, il m'a donné tout ce que je voulais. Un chez-moi.

Elle se balança encore un peu et replaça une mèche de cheveux derrière son oreille. Je pouvais presque la voir en humaine, assise sur son perron, regardant le nuage de poussière approcher.

- Et qu'en est-il de Mack ? lui demandai-je.
- Que voulez-vous dire ? dit-elle abruptement.
- Comment a-t-il été changé ?

- Je ne connais pas tous les détails. Il est de la région – ça je le sais. Il a été changé durant les années 1930, après la fin de la prohibition. Il avait une distillerie quand il était vivant, probablement plus qu'une, durant la Dépression. C'était un dur de dur de son vivant, un homme qui n'acceptait pas les fourberies. Il est encore comme ça.

Elle m'avait donné beaucoup de matière à réflexion. Nous restâmes assises en silence pendant quelques minutes, puis je montai à ma chambre.

Chapitre 31: Des ennuis à l'horizon

C'était maintenant presque Noël. J'étais allée en Europe au mois d'août, alors je pouvais seulement imaginer à quel point ma famille devait se sentir désemparée de ne pas avoir eu de nouvelles de moi depuis tout ce temps.

Mack avait mentionné savoir que ma mère avait des relations politiques. Cela, combiné à son commentaire laissant entendre que j'avais failli exposer son espèce au grand jour, me fit me demander si ma famille était en danger. Je n'avais pas seulement peur pour moi et mes proches, mais aussi pour mes amis.

Mes inquiétudes s'accentuèrent quand Mack reçut les visiteurs subséquents.

Je me tenais sur le seuil de la bibliothèque quand ils arrivèrent. Mack ouvrit la porte d'entrée pour accueillir son visiteur, M. Amalfi, le marchand d'antiquités, et je vis celui-ci regarder dans ma direction. Quand nos regards se croisèrent, je vis de la tristesse traverser son visage, mais elle disparut rapidement. Mack suivit le regard de l'antiquaire, et je reculai. Je me rendis dans la cuisine juste au moment où un deuxième vampire entrait dans la même pièce par la porte du garage. Je me figeai en le voyant, mon cœur battant la chamade. C'était le vampire qui m'avait prise à l'aéroport, Duane. Quand Duane m'aperçut, il me lorgna avec avidité. Je sortis de la cuisine et retournai dans le couloir, et Mack se retrouva immédiatement à mes côtés. Je les entendis siffler, et le regard de Mack devint morne. Il me surprit en mettant son bras autour de ma taille et en m'attirant contre son flanc, tournant mon visage vers sa poitrine. Je tendis involontairement les bras et agrippai sa chemise, puis je la relâchai quand je me rendis compte de ce que j'avais fait.

Lillian apparut et me ramena dans la bibliothèque, où elle s'assit avec son tricot.

- Nous allons juste rester ici pendant un moment, dit-elle. Ils vont partir bientôt.

- Que se passe-t-il là-bas ? demandai-je.

- Duane est le chauffeur de M. Amalfi, répondit Lillian à voix basse. Il pense que vous devriez lui appartenir car c'est lui qui a pris des risques quand il vous a enlevée dans l'aéroport bondé. Reste à savoir s'il est assez fou pour défier Mack.

- Le défier ? interrogeai-je.

- Il y a des règles dans notre monde, expliqua-t-elle. En fait, seulement une. Non, plutôt deux. La première c'est que les humains ne peuvent pas savoir à propos de nous. La deuxième, c'est qu'en ce qui concerne les combats entre vampires, si on survit, on a gagné. Et le gagnant prend tout. C'est de cette façon que les vampires acquièrent fortune et territoire.

Je réfléchis pendant quelques secondes, me rappelant la fois où Mack et Duane s'étaient battus dans le corridor.

- Ils vont de nouveau se battre pour moi ? m'enquis-je finalement. Pourquoi ?

- Vous sentez bon pour les gens de notre espèce. Les jeunes femmes ont toujours une odeur appétissante pour nous, mais l'odeur de votre peur est particulièrement alléchante, déclara simplement Lillian. Vous êtes jeune, alors vous allez probablement durer un bon moment.

Mon cœur se serra.

- La dernière fois que j'ai vu Duane, Mack lui a arraché un bras, dis-je. Pourtant aujourd'hui, il avait l'air d'avoir à nouveau ses deux bras. Comment ?

- Nous pouvons nous guérir en utilisant notre salive. Vous avez vu un petit exemple de cette prouesse quand Mack a guéri les coupures que vous aviez subies au cours de votre escapade dans les bois. Il faut brûler nos corps pour véritablement mettre fin à notre immortalité. Perdre un membre est douloureux, mais il y a moyen de guérir la blessure. Quand nous voulons tuer un autre de notre espèce, nous arrachons sa tête. Ça, ça ne peut pas guérir facilement. Il faut quelqu'un de très compétent dans l'art de guérir notre espèce – et arriver sur les lieux peu de temps après le démembrement – pour que ça fonctionne. Sinon, on n'a même pas besoin de brûler le corps. Il suffit de le laisser là.

Je réfléchis à cette nouvelle parcelle d'information en silence pendant quelques secondes avant qu'elle continue.

- Mack n'a pas été si mauvais avec vous, dans l'ensemble, dit-elle. Il ne veut pas avoir à s'occuper d'un humain suicidaire ou qui doit être enfermé sous clé. J'ai été dans des endroits où les humains étaient traités bien plus mal, je tiens à ce que vous le sachiez.

- Je me suis enfuie une fois, dis-je, énumérant mes transgressions sur mes doigts, et je l'ai poignardé.

Elle sourit.

- Oh oui, mon chou, vous ne l'avez pas manqué.

Chapitre 32: Ainsi donc c'était le Montana

Combien de temps ont duré les autres ? demandai-je à Lillian.

Elle me regarda avec une expression perplexe.

- Les autres ?

- Les autres personnes avant moi, répondis-je.

- Il n'y en a pas eu d'autres, déclara-t-elle. Il préfère chasser. C'est ce que nous préférons tous, honnêtement.

- Alors pourquoi moi ?

- Mack m'a dit que s'il vous avait trouvée au cours de l'une de ses chasses, il vous aurait tuée, dit-elle d'une voix froidement prosaïque. Mais vous étiez à Chicago, le territoire de M. Amalfi. Il a capté votre odeur pendant qu'il faisait de la surveillance, alors il vous a revendiquée. Mack était là parce que M. Amalfi lui avait demandé de jeter un coup d'œil sur une enquête que quelqu'un était en train de faire. Il sentait que l'humain était sur le point de découvrir notre identité. M. Amalfi a décliné la requête initiale de Mack, car votre disparition aurait attiré trop d'attention. Vous étiez une étudiante avec un brillant avenir ; votre mère travaillait pour une politicienne influente.

- Pourquoi Mack faisait-il un travail pour M. Amalfi ? questionnai-je.

- M. Amalfi est le sire de Mack. Il a trouvé Mack à St-Louis dans les années 1930 quand celui-ci apportait ses spiritueux en ville pour les vendre. M. Amalfi avait besoin de quelqu'un pour sa sécurité, et il aimait comment Mack ne s'en laissait pas imposer par qui que ce soit. Mack a vécu avec lui pendant un certain temps, mais au bout de quelques années, il a voulu revenir ici. Ils se sont séparés amicalement ; à l'occasion il aide encore M. Amalfi avec les affaires de sécurité. Je l'ai rencontré peu de temps après son retour.

- Ils ont pris Millicent, dis-je.

- Qui est-ce ? demanda Lillian.

- Ma patronne de Chicago, répondis-je. C'est elle qu'il surveillait.

- Je ne suis pas au courant de ça, répliqua Lillian. Mais une fois que vous avez été emmenée dans notre monde, il vous a réclamée dans le Montana.

- C'est là que j'étais ? dis-je en frissonnant, me rappelant le trajet en avion et la maison terrifiante au milieu de nulle part.

- Ouaip. C'est l'un des endroits où nous gardons les humains. Ils vivent leur vie dans des ranchs ou des endroits similaires, et un médecin prélève leur sang régulièrement. Le sang est embouteillé et vendu de la même façon que les humains embouteillent et vendent la bière. Nous utilisons même des bouteilles et des techniques d'embouteillage semblables. De cette manière nous n'avons pas besoin de chasser si nous n'en avons pas envie.

- C'est là que se trouve Moltadano, déclarai-je.

Lillian sursauta.

- Comment savez-vous au sujet de Moltadano ?

- J'ai lu à son sujet dans un bouquin. Et puis je l'ai vu dans cette maison au Montana.

Lillian se détendit un peu, secouant la tête.

- Moltadano est l'un des plus vieux parmi nous. Je ne crois pas qu'il ait visité les États-Unis. Il demeure en France, et à l'instar d'Amalfi qui a Duane et qui jadis avait Mack, il a des hommes qui font ses commissions pour lui.

Elle sembla perplexe.

- Je suis surprise qu'il ait laissé un livre parlant de lui en circulation.

- L'homme qui vendait ce livre... il est mort à présent. Il le cachait dans sa librairie. Je pense qu'il espérait que la personne en quête de ce bouquin le chercherait dans sa maison, pas dans son commerce.

Lillian hocha la tête.

- Dans ce cas, qui était l'homme dans la maison du Montana ? demandai-je.

- Oh, ce n'était qu'un homme d'affaires. Je crois qu'il s'appelle Randolph. Il gère son entreprise comme une brasserie, avec les mêmes problèmes d'embouteillage et de distribution.

- Combien ? questionnai-je.

- Combien de quoi ? dit-elle.

- Combien d'humains avez-vous ?

- Aucune idée, répondit-elle, puis elle ramassa son tricot.

Ce fut la fin de notre conversation. Apparemment j'avais soulevé des choses dont elle n'était pas censée discuter.

Quelques heures plus tard, j'entendis les visiteurs partir et je retournai à ma chambre. Je m'allongeai sur mon lit, essayant de me faire à l'idée de ce monde dans lequel j'avais été piégée. Qu'est-ce que Millicent avait trouvé à Chicago ? Quoi que cela ait pu être, ça nous avait toutes les deux coûté notre liberté.

Elle avait essayé tellement fort de me garder hors de danger en m'envoyant en France à l'occasion de ce que je croyais être mon voyage de rêve – dans une tentative de m'éloigner assez pour que je ne me fasse pas prendre.

J'avais tout foutu en l'air en espionnant furtivement et en prenant la photo de M. Amalfi. Mais là encore, je ne serais pas moi si je n'avais pas essayé de la retrouver.

Chapitre 33: Le retour de Duane

Une nuit, alors que j'étais dans ma chambre, j'entendis la voiture noire s'éloigner de la maison avec Mack à l'intérieur. Je me détendis immédiatement, sentant la tension quitter mon corps. Quand il n'était pas là, je respirais plus aisément.

Quelques minutes plus tard, cependant, ma tranquillité fut interrompue quand j'entendis la voiture revenir.

Mais quelque chose n'allait pas. J'avais l'habitude d'entendre le véhicule avancer dans l'allée et s'introduire dans le garage qui s'ouvrait automatiquement. Ce soir, il stoppa avant d'entrer dans le garage.

J'enfilai un peignoir, quittai ma chambre, et me dirigeai vers l'escalier.

Je vis Lillian debout au pied des marches à côté de la porte d'entrée. Elle leva les yeux vers moi avec une expression inquiète.

- Ce ne sont pas eux. Retournez dans votre chambre et gardez la porte fermée, murmura-t-elle en sortant son téléphone et en composant un numéro.

Un frisson parcourut mon épine dorsale. Je fermai ma porte et m'assis sur mon lit, écoutant le son de sa voix à l'étage inférieur, mais incapable de distinguer les mots.

On frappa à la porte d'entrée, puis il y eut quelques secondes de silence. C'est alors que j'entendis un fracas sonore suivi d'un coup violent. Quelqu'un devait avoir ouvert la porte en donnant des coups de pied dans celle-ci. J'entendis un échange à voix basse, et ensuite un bruit insolite, comme de la pierre se faisant broyer. Je me rappelai instantanément ce que c'était. C'était le bruit que j'avais entendu quand Mack avait arraché le bras de Duane.

Je me précipitai à ma porte, l'ouvris brusquement, et regardai en bas de la rampe. Deux hommes étaient dans le couloir avec Lillian. L'un d'eux était en train de lui arracher la tête – il la jeta par terre juste au moment où j'arrivais à la balustrade. L'autre, qui se tourna et leva les yeux vers moi, m'était seulement trop familier.

Il s'agissait de Duane. Il se tenait à côté de la porte d'entrée, qui gisait sur le plancher dans le corridor, arrachée de ses gonds. Nos regards se croisèrent et son visage se tordit en un rictus sadique, ses yeux rouges brillants de plaisir.

Je restai figée, bouche bée, trop terrifiée pour faire un mouvement. Plusieurs choses arrivèrent en même temps, et c'était comme si elles se passaient au ralenti,

PROIE

même si je savais qu'en réalité elles devaient se produire à une vitesse incroyable.

Le vampire que je ne connaissais pas alluma un briquet et le laissa tomber sur le corps de Lillian, mettant le feu à sa robe. Simultanément, j'entendis une voiture stopper devant la maison dans un crissement sonore, et des pas à l'extérieur, dérapant sur le gravier. Entre-temps je fus soulevée de terre. Duane s'était précipité en haut de l'escalier tellement vite que je ne l'avais pas vu. Il me saisit par la taille et me serra contre sa poitrine en sautant par-dessus la balustrade, atterrissant au rez-de-chaussée et piquant un sprint vers l'arrière de la maison. Nous étions en mouvement avant que j'aie pu enregistrer qu'il avait bougé.

Il défonça la porte arrière d'un coup d'épaule. Je sentis une douleur lancinante me transpercer alors que mon épaule heurtait le chambranle cassé. J'ouvris la bouche pour crier, mais il couvrit celle-ci de sa main libre.

- Ferme-la, siffla-t-il à mon intention.

Quelque chose me disait qu'il ne se tracassait pas au sujet de mon épaule.

Nous nous dirigeâmes dans les bois sombres derrière la maison, Duane courant à toute allure. La seule lumière venait d'un quartier de lune au-dessus de nos têtes, perçant à peine à travers les ombres des arbres. Duane ne courait pas uniquement sur la terre ferme, cependant. Il sautait d'arbre en rocher, s'enfonçant de plus en plus profondément dans la forêt. Il me tenait si étroitement que je ne pouvais pas respirer. Je luttais pour reprendre mon souffle, tirant sur sa main, mais en vain. Il ne me regardait pas ; il était concentré sur ce qui se trouvait devant lui.

Finalement, il relâcha légèrement son emprise afin que je puisse respirer. Il devait avoir couru plusieurs kilomètres. Je regardai derrière moi mais je ne pouvais pas voir dans les ténèbres, alors je tendis l'oreille, à l'affût d'un quelconque signe que nous étions poursuivis. Je ne pouvais rien entendre d'autre que les pas de Duane. Je finis par distinguer un son familier dans la direction où nous allions. C'était le bruit d'un torrent.

Je tournai la tête pour regarder devant nous et je vis que nous étions parvenus à la rivière – celle dont je me souvenais de ma tentative d'évasion.

Duane me déposa par terre sous un immense pin, et je pris une grande respiration. Mais j'eus seulement une seconde de répit. Me poussant contre le pin rugueux, il releva mon menton d'une main, baissant la tête pour avoir un meilleur angle, et mordit ma gorge, déchirant sauvagement la peau.

Je hurlai de douleur.

Il jura encore et remit sa main sur ma bouche. Il saisit ma nuque de son autre main, me tenant debout à l'aide de son corps, et suça voracement mon cou.

Je me sentais faiblir au fur et à mesure qu'il tirait mon sang. Tout devenait noir autour de moi. Je n'arrêtais pas de le repousser, mais je perdais des forces avec chaque seconde qui passait. Je fus vaguement consciente d'être soulevée puis d'être envoyée en l'air. Je suis un oiseau ou un ange, pensai-je, certaine que j'étais en train de mourir.

Chapitre 34: La rivière

La sensation de voler ne dura pas. Je frappai la rivière avec un bruit d'éclaboussure. L'impact me ramena à un état de complète lucidité, et je me débattis contre le choc de l'eau froide inondant ma bouche et mes poumons. Je n'arrivais pas à respirer, et je me rendis compte que j'avais survécu à la morsure d'un vampire seulement pour affronter une mort par noyade.

Ce sera bientôt terminé.

Mais je n'étais pas tout à fait prête à laisser aller la vie, aussi luttai-je pour avoir de l'air. Chaque seconde était une torture, mais je persévérai. Je commençai à me demander combien de temps il fallait pour se noyer alors que j'essayais de tousser de l'eau, seulement pour en avaler davantage lors de mon inhalation suivante. Bientôt je réalisai que quelque chose rivalisait avec l'eau dans mes poumons pour prendre le contrôle de mon corps. Je pouvais sentir mes extrémités devenir froides alors que la vie les quittait.

Finalement je demeurai immobile dans l'eau, incapable de respirer, et pourtant incapable de mourir. Je flottais, probablement près du fond. Je voyais l'eau au-dessus de moi, et j'étais consciente du mouvement autour de moi tandis que les poissons et autres animaux glissaient sur mon corps. Je les sentais mordiller ma bouche et mes mains, mais je ne pouvais rien faire sauf cligner des yeux dans un effort pour les protéger.

Le froid qui avait commencé dans mes mains et mes pieds était en train de s'immiscer dans le reste de mon corps. Il semblait être en train de gagner le combat contre l'eau dans mes poumons pour me réclamer. J'étais à l'agonie. *S'il vous plaît, faites que ça finisse.* Mais ça ne finissait pas. La suffocation continuait tandis que je contemplais la lente progression du soleil au-dessus de la surface de l'eau. Il avait complètement traversé le ciel et été remplacé par les ténèbres. Je n'avais aucune force pour nager jusqu'à la surface ou faire quoi que ce soit sauf regarder platement au-dessus de moi en clignant des yeux pour éloigner les poissons qui voulaient grignoter ceux-ci.

L'écrasement de l'asphyxie cessa. Le combat interne était terminé. Il n'y avait plus de lutte – plus de bruit à l'intérieur de mon corps, ni respiration, ni battement de cœur. J'étais suspendue entre deux mondes, tout comme j'étais suspendue dans l'eau entre l'air et le fond de la rivière. Je ne sais pas combien de temps je demeurai dans cet état. Cela me parut une éternité. Les mots amers de Lillian me revinrent, et j'eus la même pensée : Dieu m'avait-il rejetée ?

Un poisson mordilla mon doigt, et je le repoussai d'une chiquenaude. Prenant conscience que je pouvais bouger, je me penchai vers l'avant à la taille et découvris que j'étais libérée de la paralysie qui m'avait gardée au fond de la rivière.

Je me propulsai rapidement à la surface. J'émergeai à l'air libre en me débattant et envoyai de l'eau, des roches, et de la boue voler dans toutes les directions. Je retombai dans l'eau noire et nageai vers le rivage. Je sentis finalement le sol sous mes pieds, et j'utilisai mes jambes et mes mains pour grimper sur la berge. J'étais sur la terre ferme, à quatre pattes dans la boue, mais libérée de ma prison aqueuse.

J'éclaircis mes poumons en crachant de l'eau. Il me fallut quelques minutes avant de réaliser que je n'avais pas besoin de respirer. Cela pouvait seulement signifier que j'étais morte.

Je baissai les yeux et aperçus ma réflexion.

J'étais maintenant l'une d'entre eux. Un vampire.

J'avais des yeux rouges. Mes cheveux adhéraient à mon crâne, et mon visage avait l'air différent. La dernière fois que j'avais vu mon reflet, j'avais des poches sous les yeux et je paraissais léthargique. À présent que j'étais morte, mon visage s'était affiné en quelque chose d'étrange et de très beau. Mes yeux étaient lumineux, malgré le fait qu'ils soient rouges. Les sourcils arqués au-dessus de mes yeux encadraient ceux-ci à la perfection. Mon nez était plus lisse et plus élégant, et ma complexion pâle était sans défaut. Mes pommettes avaient des creux que toutes les actrices m'envieraient. J'étais devenue une séduisante prédatrice.

Et j'étais totalement seule.

Je bondis sur mes pieds et me mis à courir, confuse, me fuyant moi-même et ce que j'étais devenue. À ma grande surprise, je me déplaçais vite, très vite, effleurant tout juste la surface de la terre.

Je n'avais jamais été athlétique et j'avais l'habitude de vite me fatiguer. Ma tentative d'évasion me revint en mémoire puis disparut. Maintenant, ma vitesse était époustouflante. Je ne me fatiguais pas, et mes pieds touchaient à peine le sol. Pendant une seconde fugace, ce fut exaltant.

Mes sentiments tournèrent rapidement à l'horreur. Étais-je comme Mack à présent ? Condamnée à me nourrir des vivants ? Et pire, que ferait Mack lorsqu'il me trouverait ? Mes pensées étaient embrouillées ; je me souvenais vaguement que quelqu'un m'avait dit que Mack était terrifiant aux yeux des autres vampires.

Je courus toute la nuit, voulant laisser la confusion derrière, ne me souciant pas de l'endroit où j'allais, en autant que c'était loin de celui où j'avais été. Je me déplaçais silencieusement entre les grands arbres noirs qui se détachaient nettement dans le clair de lune. De temps en temps je sautais par-dessus des rubans de béton qui devaient avoir été des routes, et parfois je traversais des rivières.

Alors que le soleil se levait, une odeur incroyable capta mon attention, et mon corps sentit une faim qu'il n'avait jamais connue avant. Je me tournai dans la direction du parfum, reniflant l'air en me rapprochant, percevant les battements d'un cœur et une source de chaleur devant moi. Une fois que je fus tout près, je bondis sur la créature solitaire à l'odeur si attrayante et déchiquetai le corps souple qui céda facilement. Après que j'eus tiré la tête en arrière avec mes mains pour avoir un meilleur accès à la gorge, le corps arrêta de se débattre. Je déchirai le cou, et le sang s'écoula aisément dans ma bouche, contentant et apaisant ma faim. La source de sang finit par se tarir, et j'arrêtai, satisfaite et repue comme je ne l'avais jamais été. Je fermai les yeux, me penchai en arrière, et levai mon visage vers le ciel, me délectant de cette nouvelle sensation.

La rémanence ne dura pas longtemps. Quand je baissai les yeux, je tenais le corps d'un homme dans mes bras. Sa gorge était ouverte, et ses yeux étaient protubérants. Son sang couvrait son corps, le sol, et moi. Je lançai le cadavre loin de moi dès que je réalisai ce que c'était, reculant avec horreur.

Mais je ne pouvais pas fuir ce que j'avais fait. Je m'assis sur mon postérieur et fixai le corps mutilé de l'autre côté de la clairière. J'avais tué un homme. Mais il avait eu si bon goût, et j'avais été si affamée.

Je m'approchai à nouveau du corps et me rendis compte que l'homme avait été un pêcheur. Il portait une veste de pêcheur ; une canne à pêche et d'autre équipement de sport se trouvaient à proximité. Il avait l'air jeune, peut-être la mi-vingtaine. Cheveux bruns, taille moyenne, et un simple anneau d'or à sa main gauche. Ce pêcheur avait été le mari de quelqu'un, peut-être même un père. Il était un fils, un ami, un collègue... et je venais de mettre fin à tout ça.

Je me sentais atrocement mal – sanglotant alors que j'étais agenouillée à côté de lui, me balançant d'avant en arrière. Je n'aurais pu dire si mon chagrin était pour lui ou pour moi.

Je pris conscience que j'étais vraiment seule. Je ne pouvais pas retourner à ma famille ou à mes amis puisque je serais une menace pour eux. Je devais poursuivre mon chemin, m'éloigner d'ici. Je sentais que de mauvaises choses leur arriveraient si je retournais parmi eux, même si je parvenais à contrôler ma soif de sang.

Finalement je lestai le corps du pêcheur avec une partie de son équipement auquel j'ajoutai une roche, et je le jetai dans la rivière au débit rapide, le regardant s'enfoncer dans l'eau sombre. Je ne pus m'empêcher de songer qu'à peine quelques heures auparavant, j'avais été sous la surface d'une autre rivière. Mais ce corps-là était mort. Je l'avais vu dans ses yeux et dans la façon dont sa tête ballotait lâchement sur son cou brisé. J'envoyai le reste de son matériel de pêche dans l'eau à sa suite pour lui tenir compagnie et je me remis à courir. Une course sans destination, sachant seulement que je me dirigeais vers le sud.

Je m'arrêtais uniquement quand je captais l'odeur d'une proie. Au début, je bifurquais et j'accélérais pour distancer celle-ci. Mais plus j'essayais de l'éviter, plus le bain de sang était grand quand je cédais à la tentation. Et je cédais toujours à la tentation.

Au bout d'un certain temps, je renonçai à combattre mon instinct de tuer et me contentai de me nourrir.

Chapitre 35: Vers le sud

Lentement, au fil de mon parcours, je commençai à me retrouver. L'embrouillamini de sens qui avait rempli mes premiers jours d'un flot de lumière, de vitesse et d'odeur de nourriture céda la place aux souvenirs et à la pensée rationnelle. Je me forçai à me rappeler qui j'étais.

Il fallut un certain temps pour me rappeler mon nom. Les noms de ceux que je fuyais, Mack et Duane, m'étaient venus immédiatement. Mon propre nom, cependant, ne voulait pas refaire surface. Au bout du compte, je fis un effort énorme pour me calmer et avoir des pensées plus claires afin de me souvenir de mon identité.

J'étais Christa. Christa... mon nom de famille restait hors de portée. Des images de ma mère, de mon frère et de ma sœur traversaient mon esprit en vitesse parmi des fragments de scènes d'enfance et d'endroits où j'avais vécu. J'essayais de me concentrer, mais les images n'arrêtaient pas de m'échapper, laissant la place à d'autres images et visions d'eau et de ciel. Je flottais sur l'eau et je riais. J'étais sur un voilier et je regardais les nuages et les oiseaux. Puis des images de villes élégantes et magnifiques. Tout cela devait être des scènes de ma vie, mais aucune ne restait assez longtemps pour que je puisse assembler une histoire cohérente de qui j'avais été.

Finalement, je fus en mesure de me concentrer suffisamment pour lire. Je vis un journal qui traînait en bordure de la route. Je le ramassai, sentant la texture du papier dans mes mains. Les souvenirs défilèrent à travers moi quand je touchai le papier journal. Des images d'une table où j'étais assise, riant avec quelqu'un alors que je lisais une histoire à voix haute. Je fis claquer mes dents de colère tandis que les souvenirs glissaient hors de portée après être passés si proche de ramener des moments significatifs de mon ancienne vie. Je secouai la tête. Ce n'était pas le passé que je devais connaître, c'était le présent.

Lire. Oui, je pouvais lire. La lecture avait l'habitude de créer une connexion importante aux mondes passés. Maintenant, elle me donnait une occasion de quitter la brume dans laquelle j'avais existé et de voir ce que j'avais manqué. Je regardai le journal dans mes mains. Je remarquai que le papier avait un parfum. Il avait une odeur âcre, probablement à cause de l'encre. Il y avait aussi une légère odeur de moisissure étant donné que le journal avait traîné sur le sol humide. L'odorat surpassait maintenant la plupart de mes sens, mais je luttai pour me concentrer sur la vue afin de lire. Je vis des photos, des images d'un avion reposant sur le sol à côté d'une photo d'un homme en uniforme arborant un air sévère. Je ne pouvais pas lire les titres. Je reconnaissais les lettres, mais elles ne formaient pas des mots. Frustrée, je grognai. Je me rendis finalement compte que les titres des articles étaient dans une autre langue, quelque chose qui ressemblait à de l'espagnol mais qui n'en était pas. Du portugais, peut-être ? Je pouvais deviner la date, néanmoins, et apparemment des mois s'étaient écoulés.

Je jetai le papier par terre et continuai mon chemin. Le temps n'était pas pertinent pour moi ; mon seul indicateur de son passage était ma faim qui revenait périodiquement. Je devais avoir couru pendant longtemps puisque je me trouvais dans les profondeurs d'une jungle. Je la quittais seulement quand j'avais besoin de me nourrir.

Je tombais sur des villes en courant, et j'appris que beaucoup d'entre elles avaient des petits bidonvilles en dehors de la métropole, où les gens s'entassaient dans des espaces exigus. L'odeur était à la fois parfumée et fétide, mélange de sang humain et d'eaux usées brutes. Les structures de fer blanc et de carton étaient fragiles, comme je le découvris quand je sautai sur l'un des toits pendant que je chassais.

La densité de la population signifiait que je ne pouvais pas attraper une seule personne. Je devais prendre une famille entière si je prenais un individu. Je chassais à la périphérie de ces villes, puis je me retirais dans la jungle pour poursuivre ma course vers le sud.

Il y avait de nombreux fleuves et ruisseaux dans ce paysage que je traversais, et parfois je trouvais des gens le long de ces cours d'eau. Si je trouvais une rivière quand j'avais faim, je courais à l'est jusqu'à ce que je localise une proie. Au besoin, je buvais le sang d'un petit cochon ou d'un jaguar pour me dépanner jusqu'à ce que je puisse trouver un humain.

Le temps passa. Combien ? Des semaines ? Des mois ? Les jours étaient devenus successivement plus longs et plus courts. Depuis combien de temps est-ce que je courais ? Cela devait faire des mois puisque c'était maintenant le printemps dans ce monde toujours plus au sud.

Il y avait une guerre en cours dans la région où je me trouvais maintenant. Je tombais sur des piles de corps, les cadavres mutilés de gens qui avaient été fusillés ou battus à mort. Certains cadavres étaient frais. Certains portaient des uniformes militaires et d'autres semblaient être des civils, souvent des femmes serrant des enfants.

La vue des femmes mortes me mettait toujours dans un état d'excitation sauvage, et il n'était jamais difficile de traquer leurs assassins. Je grimpais aussi haut que je le pouvais dans le feuillage des arbres tout en suivant leurs parfums, puis je me laissais tomber et les tuais quand je les trouvais. J'abandonnais ces nouveaux cadavres que je créais au sommet des piles que j'avais trouvées, un monument rendant hommage à leur œuvre. Ils étaient maintenant au rancart comme leurs victimes, laissés à pourrir sans sépulture.

J'avais dorénavant une raison d'être – j'étais un ange vengeur, en quelque sorte. J'avais trouvé une place dans le monde, aussi macabre fût-elle.

Les petites milices se déplaçant dans la jungle signifiaient une abondance de nourriture sans que j'aie à me sentir coupable, car je pouvais dire que les guérilléros seraient bientôt morts, que je sois là ou non. Sans l'avoir planifié, je m'attardai sur les lieux. Ces hommes armés voyageaient en groupes, et je les suivais facilement depuis la cime des arbres au-dessus de leurs têtes. De temps en temps, l'un des hommes sur le terrain semblait sentir ma présence, et il encourageait les autres à se déplacer rapidement. Mais ils n'étaient jamais assez rapides pour m'échapper. Je pouvais m'emparer du dernier homme en ligne ou attendre qu'ils soient endormis.

Un jour, j'aperçus ma réflexion sanglante dans la rivière, et j'eus un choc. Mes cheveux étaient recouverts de boue, et mes yeux étaient démoniaques, sauvages et rouges. Je comprenais maintenant l'expression de terreur dans les yeux des hommes que je chassais lorsqu'ils me voyaient.

Qui étais-je ? Étais-je devenue comme ces armées de la jungle, avec l'immortalité en plus ? Comment pouvais-je fuir cette existence ? Au désespoir, je tombai à genoux et regardai autour de moi. La beauté était partout dans les arbres et les animaux, étincelant devant moi dans l'explosion de couleurs des oiseaux. J'étais une chose nuisible, insolite et immorale qui ruinait ce paradis.

Je décidai de rester dans la jungle, sous le couvert des arbres. Je n'avais plus besoin de faire d'incursions nocturnes à la périphérie des villes puisque la guerre me procurait de la nourriture en abondance. Je continuai à regarder les oiseaux aux couleurs vives voler à proximité, et je vis d'énormes serpents attraper des animaux qui ressemblaient à des petits cochons. Je pouvais sentir mon esprit se dérober.

Chapitre 36: Démone sanguinaire

Je remarquai un changement dans le comportement de mes proies.

Les groupes que je chassais s'aggloméraient ensemble, et ils étaient toujours armés. Ils ne dormaient jamais tous en même temps, l'un d'eux restant éveillé pour monter la garde. Perchée au sommet de mon arbre, j'écoutais, attendant qu'ils s'endorment avant d'attaquer. Parfois ils parlaient en espagnol, et j'entendais des histoires au sujet d'une démone dans la jungle. Une chose féroce — une femme à la chevelure sauvage, éclaboussée de sang, qui surgissait de nulle part.

Je réalisai avec stupeur qu'il s'agissait de moi. Non seulement je me considérais moi-même comme un monstre, mais les humains autour de moi avaient reconnu cette vérité. J'étais une démone sanguinaire à leurs yeux.

Je m'enfuis de la scène, courant à travers les cimes des arbres pour filer. Tandis que je courais, mes pensées continuèrent à se modifier et à se distordre.

Les choses arrêtèrent d'avoir un sens, et j'eus beau essayer très fort de me concentrer, une seule chose importait.

J'étais une démone sanguinaire.

Comment pouvais-je expier cela? Comment pouvais-je exorciser ce que j'étais devenue?

Je levai mes mains rougies au ciel, mon offrande au Soleil tout là-haut, si seulement Il pouvait arrêter la brûlure dans ma gorge.

Tout tournoyait et s'emballait dans ma tête.

Je courus, cherchant à vider mon esprit, mais la clameur et le bruit ne voulaient pas cesser. Les regards terrifiés et les derniers cris de mes victimes me hantaient. Ces visions et ces sons horribles éclipsaient le monde autour de moi, tournant en boucles sans fin dans ma tête, augmentant continuellement en un crescendo que je ne pouvais pas supporter.

Je fus obligée d'arrêter de courir et je m'agenouillai avec une main de chaque côté de ma tête. Si je pouvais chasser le bruit de ma tête en appuyant sur mes oreilles, je le ferais, mais ça ne fonctionnait pas. Je n'avais pas ressenti une telle douleur et un tel chaos intérieurs depuis que j'avais reposé au fond de la rivière, il y avait très longtemps de ça. Si cela était même jamais arrivé – je n'étais plus sûre de rien.

Finalement le silence se fit en moi.

Épuisée, j'ouvris les yeux et me relevai lentement.

Le monde pencha et je tanguai. Le chaos se calma, et j'eus l'impression d'être encerclée par des murs de lumière aveuglante. Quand je levai les yeux, je vis les

PROIE

messagers de lumière, les anges, tout autour de moi, planant au-dessus de ma tête. Certains étaient sombres, d'autres étaient clairs. Alors que je jetais un regard à la ronde, je réalisai que les messagers du Soleil avaient toujours été avec moi dans ces flashs de couleur dans la jungle. Anges. Ailes d'oiseau. Messagers. Papillons.

Si je pouvais voler, je serais libérée. Libérée de la soif. Libérée du sang qui avait saturé mon âme.

Je voulais voler. Je tendis les bras vers le Soleil, Le suppliant de me prendre.

Mais le Soleil s'en alla, et je fus jetée dans la nuit. Le matin il réapparaîtrait à l'autre extrémité du ciel, aussi guettai-je et attendis-je Son retour à travers les heures d'obscurité. Lentement, le ciel commença à rougeoyer, signalant la venue du Soleil. Bientôt Il fut haut dans le ciel, une boule blanche aveuglante, diffusant Son énergie par vagues de rayons purificateurs.

Je levai les mains au-dessus de ma tête pour m'étirer. Je sentis la lumière tomber en couches autour de moi, de tous les côtés. J'inclinai la tête en arrière, fermant les yeux, montrant que j'étais prête à être emmenée en haut dans son feu purificateur, loin de la terre ensanglantée.

Mais le Soleil ne m'accorda jamais la liberté de m'envoler. Il me planta là et s'enfonça dans la terre la nuit venue. Au matin, Il revint.

Mes offrandes n'étaient pas suffisantes. Que faudrait-il pour Le satisfaire ? Je continuai ma course vers le sud, restant loin de la tentation des vivants dans un effort de me purifier, même si cela signifiait que je devais combattre la soif qui me rendait folle. Je demeurais dans les profondeurs de la forêt pour éviter ces battements de cœur rythmiques signalant la proximité de la nourriture.

Au bout d'un moment, j'entendis quelqu'un derrière moi. J'avais été la poursuivante, mais maintenant j'étais celle qu'on poursuivait. Je me rendis compte que celui ou celle qui était derrière moi n'avait pas de pulsations cardiaques.

Un picotement à l'arrière de mon cou me dit que c'était un autre démon, ou peut-être deux.

Je me laissai tomber au sol depuis la cime des arbres dont j'avais fait ma maison et tournai la tête, à la recherche de mes poursuivants.

Je sentais qu'ils étaient proches.

Il y avait longtemps que je n'avais pas été sur la terre ferme ; je restais au sommet des arbres où j'avais élu domicile. Je levai une jambe de façon à ce que mon pied repose sur l'autre genou, renversant la tête pour flairer la brise. Je ramenai mes deux bras au-dessus de moi dans un V, les doigts pointés vers le bas. Pourrais-je voler cette fois ? Je fermai les yeux, espérant que le Soleil entendrait ma prière et serait prêt à me recevoir. J'attendis, certaine qu'Il allait m'accorder des ailes.

Je vacillai. Pas de réponse. Mon corps était toujours le même.

Mais pendant le temps que j'avais passé au sol, le danger s'était rapproché. Le bruit de la brise apporta avec lui le murmure de voix, bien que je ne puisse pas comprendre les mots. Je fermai les yeux pour me concentrer sur les sons feutrés de mes poursuivants. Inclinant la tête vers l'avant, face aux arbres devant moi, je pouvais les entendre approcher. J'ouvris les yeux et aperçus – de l'autre côté d'une clairière – de longs cheveux bruns et une épaule qui disparurent rapidement dans les arbres. C'était maintenant moi qu'on chassait.

Je respirai une odeur masculine musquée, et des désirs s'éveillèrent en moi, que je n'avais jamais connus dans l'entourage d'hommes humains. Des sentiments étranges et puissants, couplés avec un désir d'être avec d'autres de mon espèce.

Je combattis ces sentiments, les repoussant. Non. J'étais une démone, et c'était l'ennemi qui approchait.

Instinctivement j'inclinai la tête en avant de sorte que je regardais le sol, et je baissai les deux bras en signe de défaite et de soumission. Je gardai toutefois les yeux ouverts en minces fentes.

Le son de leurs voix se précisa en mots, mais ils ne voulaient rien dire pour moi.

Deux démons aux cheveux bruns apparurent. Ils se séparèrent à la lisière de la clairière, et l'un marcha directement vers moi tandis que l'autre faisait le tour du périmètre juste sous le couvert des arbres.

Pensaient-ils que je ne pouvais pas les voir ?

Je testai mes bras et constatai que je n'avais pas reçu d'ailes, alors je pris la fuite. Je sentis mes entrailles me livrer une guerre, se languissant d'être avec l'un d'eux, mais je repoussai ces sentiments. J'étais une démone, mais j'avais cherché un sanctuaire contre le mal qui m'habitait. En temps voulu j'étais sûre que Soleil allait me purifier si je pouvais prouver avec assez de conviction que je voulais expier.

Je retournai au sommet des arbres, me déplaçant aisément dans l'univers familier des branches les plus hautes. Je savais lesquelles supporteraient mon poids, et j'entendis les deux hommes perdre du terrain, tombant des arbres en essayant de me suivre. Ils m'appelèrent, un nom qui tira sur les bords de ma conscience et me fit presque faire une pause : « Christa. »

Non. Je n'allais pas répondre.

Je continuai de m'éloigner, toujours dans la même direction. Les rayons du midi dans mon dos, les rayons du matin à ma gauche. Il n'y avait que l'effort de garder mes jambes en mouvement qui signifiait quelque chose.

Peu à peu, je notai que les arbres étaient moins abondants et que les rochers occupaient plus de place dans le paysage. Il n'y avait pas d'autres bruits que le vent le long de ce désert rocheux. Bientôt il n'y eut que de l'eau d'un côté de mon chemin, et j'entendis des oiseaux au-dessus de l'océan.

Finalement il n'y eut plus que de l'eau. Je courais le long du bord de la terre, mais il n'y avait plus de terre à moins que je ne tourne vers le nord.

J'avais atteint le bout du monde.

Chapitre 37: Faim

Je m'assis. Je pouvais voir quelques petites îles au loin, mais les oiseaux tournoyant dans le ciel étaient mes seuls compagnons vivants.

Je continuai d'implorer Soleil de me changer, de m'emmener haut dans le ciel pour être l'un de Ses anges ailés. Je me tins sur les rochers qui bordaient l'océan et j'attendis, la tête inclinée vers l'arrière de sorte que mon visage était baigné par les chauds rayons, les yeux fermés, les bras au-dessus de moi dans un V, espérant que cette fois Il choisirait de me délivrer de cette existence.

Je cessai de manger, dans l'espoir de me purifier du sang que j'avais volé aux vivants. Je n'avais peut-être pas choisi cette vie, mais je pouvais choisir ce que je faisais à l'intérieur des limites de celle-ci. La pensée qu'en me refusant à moi-même le sang de toute créature vivante je pourrais mettre fin au fardeau de mon existence me donna espoir. La douleur de la soif était constante, mais j'espérais que son feu contribuerait à ma purification ou bien qu'il m'anéantirait tout à fait.

Je désirais ardemment être libérée de cette existence.

Mais j'étais toujours faible. Parfois ma faim me faisait bondir vers les oiseaux, et il m'arrivait à l'occasion d'en attraper un. La petite quantité de sang que je vidais de leurs corps brisés signifiait que j'allais rester en vie un peu plus longtemps, mais cela enlevait sans aucun doute l'envie à Soleil de me faire monter vers Lui.

J'aimais les plumes des oiseaux, cependant. Je me fabriquai des ailes avec ces plumes pour montrer ce dont je rêvais à Soleil. Je créai un grand modèle avec des plumes de différentes formes et tailles. Les ailes faisaient deux fois ma longueur, et les plumes étaient arrangées en motifs de crêtes, comme les vagues de la mer qui entourait les trois-quarts de mon promontoire rocheux. Les nuances de gris et de blanc ondulaient en courbes qui commençaient à mes épaules et s'étendaient sur deux fois la longueur de mes bras, prêtes à me porter loin de cet endroit. Je les gardais à l'abri du vent dans une petite grotte créée par un enfoncement dans les rochers.

J'espérais que cette offrande puisse aider à apaiser Soleil pour la mort de Ses messagers ailés. S'Il l'acceptait, peut-être qu'Il me délesterait du poids de ce corps dominé par la soif, et je serais en mesure de voler haut dans le ciel.

Le temps s'écoula encore. Je ne pouvais pas voir grand-chose – tout était en train de ralentir. Du gris au-dessus de moi, du gris tout autour. Je pouvais sentir mon corps cesser de fonctionner. Au lieu de me tenir debout, je m'allongeai sur le rocher le plus proche de l'eau, face au ciel. Soleil continua son cercle au-dessus de moi, indiquant le lent passage du temps.

Ça ne devrait plus tarder.

Il y avait des mois que je n'avais pas parlé à voix haute. Ou étaient-ce des années ? Je ne savais pas combien de temps s'était écoulé depuis que j'avais entendu une autre voix.

J'étais enveloppée dans mon silence.

Les oiseaux me narguaient dans le ciel. Ils n'étaient pas enchaînés à la terre, et ils ne brûlaient pas d'une faim qui ne pouvait pas être annihilée par la mort.

Parfois ils volaient en paires.

Je sentais la vie s'écouler de mon corps de minute en minute alors que je restais étendue sur mon rocher sous le Soleil. Sûrement que bientôt la paix viendrait.

Chapitre 38: Intrus

Je sentis la présence des autres briser mon silence. Des intrus avaient pénétré mon petit espace venteux ; des intrus avec des voix. Je ne voulais pas entendre de voix humaines. Je voulais les voix des oiseaux. Je voulais parler la langue des oiseaux. Je voulais couvrir mes oreilles avec mes mains, mais je n'avais plus la force de les bouger.

Quelque chose d'incroyablement parfumé fut mis devant ma bouche traîtresse, éveillant la soif que j'avais repoussée. Je mordis. Alors que le liquide se déversait dans ma gorge, je me redressai. Je m'emparai de la source de nourriture et grognai, serrant la mollesse contre ma poitrine, la sentant tomber en morceaux dans mes mains, suçant jusqu'à ce qu'il n'y ait plus rien.

Au désespoir, je réalisai que je m'étais polluée. Peut-être que Soleil avait été presque prêt à me recevoir, et à présent mes chances étaient ruinées. J'avais senti une lumière blanche couler sur moi avant l'arrivée des intrus, et elle se dissipa après que j'aie bu.

Lentement, je sortis du brouillard induit par ma soif de sang.

J'ouvris les yeux et levai la tête. Il y avait deux démons qui me fixaient de leurs yeux rougeoyants. Ils avaient un air familier. Celui accroupi au-dessus de moi avait un visage que je connaissais, un visage que j'avais essayé d'écarter de mes souvenirs. Je fermai les yeux ; je refusais de retourner à ce monde.

Je sentis des bras se glisser sous moi pour me soulever. Curieux, ils étaient chauds. Je me rappelais ses bras comme étant froids et morts. Je me rendis compte qu'il planifiait probablement de me déplacer de l'endroit que j'avais choisi, ici au bout du monde.

Je le repoussai avec une force qui me surprit, reculant sur mes mains jusqu'à ce que je sois au bord d'un rocher. Je regardai derrière moi et vis les vagues de l'océan se briser en contrebas. Me remettant sur mes pieds avec difficulté, je me tins en équilibre au bord du rocher, regardant les deux démons s'approcher de moi. Je bondis au-dessus d'eux, atterrissant de l'autre côté de mon petit promontoire. La mer était juste en bas, et je fis une pause avant de plonger quand j'entendis un son familier. L'un des démons appela l'autre « Mack. » Ce mot avait signifié quelque chose pour moi jadis, mais j'essayai de le repousser.

Je me retournai et constatai que le démon avait déplacé le rocher couvrant ma petite grotte et trouvé mes ailes. Il appela l'autre pour lui montrer sa trouvaille, et je pivotai vers eux avec un grognement. Ils n'allaient pas profaner mes ailes en les touchant. Je devais les protéger.

Au lieu de sauter dans l'océan, je me jetai sur eux.

Chapitre 39: Retour

Je bondis du rocher et atterris sur le dos de celui qui avait osé profaner mes ailes en les touchant. J'entendis le premier démon venir derrière moi, alors je savais que je n'avais pas beaucoup de temps. Bien que je visais son cou, mes dents s'enfoncèrent dans son épaule, et je mordis fort. Son hurlement de douleur fut gratifiant. L'autre arriva derrière moi et tenta de séparer mes mâchoires avec force pour libérer son ami.

Je desserrai les mâchoires à la dernière seconde et mordis la main de l'autre. *Vous ne vous attendiez pas à ça, hein?* Mais je ne pouvais pas continuer à les combattre tous les deux. J'avais brûlé le peu de forces que le sang m'avait redonné. Je m'effondrai sur les rochers.

Ils me saisirent par les mains et les pieds, m'étirant et rendant plus difficile pour moi de les atteindre avec mes dents. Je les sentis me transporter, mais je gardai les yeux fermés, désespérée d'être emmenée loin de mon lieu isolé où j'étais si proche de la délivrance de la mort.

Nous voyageâmes longtemps. Même si je gardais les yeux fermés, je pouvais sentir la lumière de Soleil briller sur nous. Finalement, nous entrâmes dans un espace clos. J'ouvris les yeux et regardai autour de moi.

Mes souvenirs essayaient de me dire que l'espace était un avion, mais je les repoussai, refusant de me soumettre à un monde de pensée humaine.

Au bout d'un moment, nous quittâmes le petit espace, et ils me transportèrent ailleurs. Je refusai de regarder – je continuais de combattre le retour dans le monde humain que j'avais essayé de purger de ma conscience. Parfois je me lamentais à cause de la faim, mais je ne mangeais pas ce qu'ils mettaient devant moi, même si l'odeur était très appétissante.

Finalement, nous cessâmes de nous déplacer et ils me relâchèrent. J'ouvris les yeux.

Nous étions dans un endroit sombre avec des murs froids. Je reculai contre eux, les tâtant pour m'orienter dans l'enceinte faiblement éclairée. La pierre était trop lisse pour être une paroi rocheuse naturelle. Mes souvenirs me disaient que j'étais dans un sous-sol.

Je secouai la tête pour la vider. Pas de pensées humaines. Elles étaient veules.

Aucun Soleil ne brillait au-dessus de moi dans cet endroit, que l'obscurité. Je devais sortir. Être libre.

Je combattis, mais ils me forcèrent à manger. Ils tinrent ma bouche ouverte et versèrent quelque chose dans ma gorge. Mon corps but avidement, reprenant des forces. Je recommençai à combattre.

Je finis par me libérer de leur emprise et j'adoptai ma pose. Le pied droit contre le genou gauche, les deux bras formant un V au-dessus de ma tête, les doigts pointant vers le bas.

J'étais certaine que mes plumes viendraient si je me tenais comme ça. Parfois, je pouvais sentir leur picotement le long de mes épaules.

Soleil me trouverait-il ici dans cette obscurité ?

Chapitre 40: Le temps tire à sa fin

Être dans l'entourage de ces démons m'avait été néfaste. Je passais le plus clair de mon temps dans mon coin, prête à attaquer, mais j'étais en train de perdre la bataille – ils étaient en train de me ramener dans un monde humain.

Il y en avait quatre. Je m'efforçai de ne pas penser à eux comme étant des individus, mais les souvenirs revinrent, suscités par le son de leurs voix tandis qu'ils murmuraient.

Les cheveux de l'un de ces chuchoteurs étaient bruns. Les miens étaient blonds, ou l'avaient été. Il y avait un chat quelque part avec des cheveux noirs. Non, pas des cheveux. Il avait un pelage noir.

Je ne voulais pas écouter leurs voix, mais j'en étais baignée. Des sons qui tourbillonnaient, des vagues de mots qui m'entouraient. Ils me rappelaient dans un monde où j'étais humaine, un monde dominé par la douleur, la peur et la vulnérabilité.

Celui qui ne partait jamais, qui mangeait devant moi et me forçait à manger, était le plus tenace. Je pouvais le sentir m'interpeler avec plus que sa voix. De temps à autre il mettait quelque chose sur mon corps. Mes souvenirs le reconnaissaient par la sensation procurée. Un vêtement. Une robe. Mais ces choses appartenaient aux faibles et aux vulnérables, à un monde où la douleur et la crainte étaient souveraines. Je refusais d'y retourner ; je l'arrachais instantanément.

Je l'avais laissé s'approcher dans un seul but – celui de combattre. Quand il passait la robe par-dessus ma tête, je pouvais me pencher et le mordre à belles dents.

Seulement maintenant il mordait en retour. Je pouvais le sentir insuffler quelque chose en moi par sa morsure, en quantités énormes. Cela faisait mal, et je le combattais, m'agitant et mordant. Nous nous étions mordus l'un l'autre tellement de fois que je pouvais sentir son essence s'écouler à travers mon corps. Je pouvais parfois sentir ses émotions s'il réussissait à capter mon regard, me rivant en place et me ramenant dans son monde.

Les sentiments étaient plus insidieux que les mots qu'ils n'arrêtaient pas de me cracher, mais finalement ceux-ci se mirent à avoir un sens, malgré toute la résistance dont je faisais preuve.

Les premiers mots qui signifièrent véritablement quelque chose pour moi furent prononcés par l'une des rares personnes à me rendre visite dans ma prison de pierre. Il s'agissait de l'un des deux démons qui m'avaient emmenée ici. Il était parti, cependant, et rendait seulement visite à l'occasion. J'avais résisté aux autres pendant si longtemps que j'étais devenue immunisée à leurs voix. Mais les mots de ce visiteur percèrent ma conscience.

- Elle a dépassé le point de non-retour, dit-il. Et elle t'entraîne avec elle, ne peux-tu pas le voir ? Laisse-la aller.

Je voulais leur crier « Laissez-la aller ! » mais je ne voulais pas qu'ils sachent que j'entendais et que je comprenais.

Je finis par me libérer et j'adoptai ma pose. Pied droit contre genou gauche, bras en V au-dessus de ma tête, doigts pointés vers le bas, attendant que les plumes fassent éruption sur mes bras, tandis que l'étranger qui m'était familier secouait la tête et s'en allait.

Chapitre 41: L'ancien

Je sentis que l'atmosphère était différente dans la pièce. Il y régnait un sentiment d'anticipation nerveuse.

Une lumière brilla au sommet de la pièce, très haut au-dessus du plancher alors qu'une porte s'ouvrait. J'aperçus un profil au sommet de l'escalier, un nouveau visiteur, quelqu'un que je n'avais pas vu avant. De larges épaules, des cheveux noirs tombant jusqu'à ses omoplates. Même depuis l'endroit où je me tenais dans mon coin, je pouvais sentir son âge et son pouvoir. Ce nouveau venu était plus fort que les autres.

Je sifflai et reculai dans mon coin, prenant ma pose, les mains au-dessus de moi, une jambe repliée vers le haut, prête à attaquer.

Il descendit l'escalier, fit signe aux autres de s'éloigner, et se mit devant moi.

Me sentant menacée, je laissai tomber ma pose et reculai le long du mur, essayant de lui échapper.

Il me suivit et commença à parler. Je baissai la tête, fermant les yeux et repoussant ses mots, les battant avec mes mains. Les mots, comme les sentiments, étaient dangereux dans leur capacité à me lier et à me ramener dans leur monde.

Il regarda derrière moi, et pour une raison quelconque je sentis une menace peser sur celui qui avait une crinière brune, celui qui me nourrissait même si c'était contre mon gré. Je fus surprise de me retrouver à faire un pas devant lui dans un geste protecteur, sifflant à l'inconnu en face de nous.

Il y eut une longue pause, et je sentis des bras glisser autour de ma taille alors que celui que je protégeais murmurait des mots à mon oreille. Je secouai la tête pour empêcher ceux-ci de pénétrer dans mon cerveau, mais je sentis un ton rassurant et je me détendis.

Le nouveau venu se tenait toujours devant nous, nous observant sans sourciller, le menton dans une main. Il resta comme ça pendant un moment tandis que je le fixais, mes mains touchant les bras de celui derrière moi. Tout à coup, le plus ancien m'attrapa et planta ses dents dans mon cou. Très fort. Je luttai contre lui, mais l'autre épingla mes mains à ma taille et me maintint immobile.

Des vagues de quelque chose coulèrent sur moi et à travers moi, s'infiltrant en profondeur.

Je hurlai et criai alors que les mots et les souvenirs refluaient en moi, tout ce que j'avais repoussé.

Des images de Maman. Maman qui me regardait tandis que je tendais les mains vers son visage. Je me voyais marcher. Manger. Des myrtilles. Des balades à vélo. L'école. Les images passaient à toute vitesse dans ma tête – trop vite – et je relâchai le vampire plus vieux

alors que j'essayais de les rabattre au loin jusqu'à ce
que finalement je sois submergée par les ténèbres.

Chapitre 42: Réveil

Je m'enfonçai dans la noirceur, dans un néant des plus doux. Je m'abandonnai à lui, enjoignant à ma faim et à mes désirs ardents de disparaître à jamais.

Cependant alors même que je lâchais prise, les autres ne voulaient pas me laisser tranquille. Je sentis quelqu'un m'appeler. Je revins pour qu'ils arrêtent, mettant une main sur mon cou palpitant, m'asseyant et regardant autour.

Des visages. Je les reconnaissais. M. Amalfi. J'émis un faible sifflement à son intention. Il le méritait bien. Son visage était souriant, mais son expression vacilla quand je sifflai. Puis un autre visage, celui qui m'avait maintenue fermement. Mack.

Dans le passé il m'avait dérobée à mon monde, mais il avait été avec moi depuis. Une présence. Maintenant, j'avais l'impression qu'il était une extension de moi-même. Je regardai sa main sur ma taille, puis je baissai les yeux et me couvris immédiatement.

J'étais nue. Où étaient mes vêtements ?

Mack me tendit quelque chose.

- Tenez.

C'était une robe. J'eus vite fait de la mettre en lambeaux en la passant par-dessus ma tête.

- Laissez-moi vous aider, dit-il.

Je secouai la tête pour la vider, car sa voix m'embrouillait.

Il m'enveloppa dans une couverture puis il enleva sa chemise.

Je restai immobile pendant que Mack me mettait la chemise, puis je levai les yeux vers la silhouette imposante devant nous. Des cheveux sombres, des yeux profonds et songeurs.

Ce nouveau venu m'avait mordue. Quand il parla, sa voix était profonde et riche, pleine d'autorité, mais aussi de compassion et de curiosité.

- Vous me connaissez, n'est-ce pas, ma petite ?

- Moltadano, coassai-je d'une voix étonnamment rauque.

Il m'observa pendant quelques secondes, ses yeux me pénétrant, froids mais sympathiques malgré tout.

- Qu'est-ce que mon nom signifie pour vous ? demanda-t-il d'une voix grave et mélodieuse, semblant soutirer les réponses de moi.

- Vous tuez les vampires, dis-je.

Un bref sourire traversa son visage.

- Seulement ceux qui ont besoin d'être tués ou qui le désirent, répliqua-t-il calmement. J'aurais pensé que c'était ce que vous vouliez.

Mack grogna mais se tut lorsque Moltadano lui lança un regard tranchant.

Quand ils se regardèrent l'un l'autre, leur attention fut momentanément détournée de moi. C'est ce que j'attendais, et je passai à l'action, me précipitant en haut de l'escalier. Je les sentis se retourner et essayer de m'attraper, mais j'étais déjà hors de leur portée.

Je défonçai la porte en haut des marches et tombai sur un vampire de grande stature qui m'attrapa et me renversa sur le sol, me clouant au plancher.

- Hé là, calmez-vous, dit-il.

Il m'était familier, et je me souvins de lui comme ayant été terrifiant par le passé. Je mordis l'un des bras qui me tenaient, lui donnant des coups de pied et des coups de poing en même temps.

J'entendis Mack et les autre monter derrière moi.

- Elle n'a jamais essayé de monter l'escalier avant, dit le vampire qui me tenait, tirant ma mâchoire pour détacher mes dents de son bras. C'est toute une morsure. Allez, lâchez-moi !

Je secouai la tête et déchirai son bras un peu plus avant de finalement le relâcher.

- Elle est de nouveau humaine, ou plutôt, elle ne se prend plus pour un oiseau, déclara Mack, tendant les bras vers moi.

L'autre homme grogna et frotta son bras avant de le porter à sa bouche pour lécher la plaie.

Je regardai autour de moi avec de nouveaux yeux. Les souvenirs me revenaient, toutes les choses que j'avais repoussées. Je sentais une nouvelle présence à l'intérieur, toutefois. En plus de la fille humaine qu'était Christa, il y avait ce nouvel être, une fille-oiseau, fortifiée par des années de course et d'isolement, une fille qui était puissante et robuste. Je bougeai mes épaules, laissant ces personnalités s'adapter à leur entourage.

Je fixai l'un des vampires devant moi. M. Amalfi était grand, élégamment vêtu. Il s'agissait du marchand d'art que j'avais rencontré près de la fontaine en Italie, et à côté de qui je m'étais assise dans l'avion me ramenant à New York. Jetant un regard à la pièce dans laquelle nous nous trouvions, je vis qu'elle était meublée avec raffinement, et j'en déduisis que nous étions probablement dans sa demeure. Elle était décorée avec des antiquités, et j'étais actuellement en train de faire des trous dans un magnifique tapis oriental. Il y avait des choses accrochées au mur qui n'avaient pas de sens à mes yeux. Lorsque je me concentrai sur leurs formes, je reconnus qu'il s'agissait de peintures. Initialement je ne pouvais voir que des fragments de peinture placés sur des toiles, mais au bout d'un certain temps, avec ma nouvelle vision ils se transformèrent en scènes. Des scènes de rue de lieux étrangers, suspendues aux murs dans de lourds cadres dorés.

Les grandes fenêtres dans la pièce étaient ornées de lourds rideaux d'un bleu profond, retenus en place par des cordons torsadés en or. Si ces rideaux étaient ouverts, quelles scènes de tableau montreraient-ils ? Un rue citadine ? Un océan ?

Cela avait été au-dessus de moi pendant tous ces mois ? J'avais été dans un sous-sol de pierre situé sous tant de luxe ? Jetant un coup d'œil au tapis que j'avais réduit en lambeaux, je réalisai qu'ils voulaient probablement simplement préserver ces précieux articles en bon état.

Regardant l'un des hommes, je me souvins. Il était venu à la maison, et Lillian m'avait dit son nom. Ted, c'était ça. Lillian ?

Une douleur soudaine me transperça alors que le nom de Lillian traversait furtivement mon esprit. Je me retournai vers l'homme qui s'appelait Mack.

- Lillian ? demandai-je.

- Je suis là, ma poupée, dit une voix douce.

Je pivotai et aperçus une femme élancée aux cheveux bruns. Elle portait une robe imprimée bleue et elle était assise sur une chaise berçante près d'une fenêtre. C'était Lillian, et elle allait bien. J'en fus heureuse.

En face de moi se trouvait l'homme à la crinière brune. Mack. M. Samuels. Je sentis un grognement monter en moi que j'essayai de retenir. Je m'accroupis, et du coin de l'œil je vis quelques-uns des autres se crisper, mais un geste de Moltadano les apaisa. Il se tenait dans une pose autoritaire, m'observant attentivement en se frottant le menton d'une main.

Moltadano avait le pouvoir que j'avais perçu. C'était bon de savoir qui avait le pouvoir dans ce groupe. Qui je devrais tuer, si nécessaire, pour obtenir ce que je voulais. Mais j'avais le sentiment que je n'aurais pas besoin de tuer Moltadano. Il avait accompli ce qu'il était venu accomplir.

Je détournai les yeux de Moltadano et concentrai mon attention sur Mack. Reculant légèrement pour me donner plus d'élan, je bondis.

Mack me laissa sauter sur lui. Au lieu de combattre, il se contenta de mettre sa main devant son visage. Une fois qu'il fut par terre sous moi, je le regardai plus attentivement. Il était beau et joliment bâti. Mince et tout en longueur, avec des muscles bien dessinés. En ce moment il avait une de ses mains sur mon épaule pour empêcher mes dents d'atteindre aisément son cou.

Alors qu'il était allongé sur le sol, je songeai que ses cheveux étaient très attrayants, étalés en éventail autour de sa tête. Je tendis la main pour les toucher et le sentis se détendre.

Il avait l'air d'un lion. Je tournai la tête pour le contempler sous un angle différent. Oui, très certainement un lion.

Je reculai et pétris un peu sa poitrine dénudée. Il ronronna.

Il allait faire un gentil lion. J'allais le garder comme animal de compagnie.

Je lui souris, et son ronronnement stoppa. Il se raidit et se mit en garde. Je plissai les yeux. Il savait que j'étais une menace.

Bien.

Derrière moi, j'entendis Moltadano rire.

- Vous la vouliez, et vous l'avez eue.

Je pétris à nouveau la poitrine de Mack, entreprenant le long travail consistant à faire de cette créature mon lion domestiqué.

PROIE

AU SUJET DE L'AUTEUR

Katy Mann a grandi dans le Middle West américain et vit
actuellement en Californie.
Visitez-la sur son site web www.KatyMann.com

www.ingramcontent.com/pod-product-compliance
Lightning Source LLC
Chambersburg PA
CBHW032119170626
46808CB00006B/2006